ANTOLOGIA POÉTICA DE AUTORIA NEGRA BRASILEIRA

ANTOLOGIA POÉTICA DE AUTORIA NEGRA BRASILEIRA

Edição e produção: Mazza Edições

Capa, proj. gráfico e diagramação: Sylvia Vartuli

Imagem da capa: Rebeca Miguel

Internacionais de Catalogação na Publicação (CIP)
(Câmara Brasileira do Livro, SP, Brasil)

Antologia poética de autoria negra brasileira / organizadoras Zilá Bernd... [et al.]. --
Belo Horizonte, MG : Mazza Edições, 2024.

Vários autores.
Outras organizadoras: Lilian Ramos, Cristina Gamino Gomes Tonial, Roberta Flores Pedroso.
ISBN 978-65-5749-101-0

1. Poesia - Coletâneas - Literatura brasileira I. Bernd, Zilá.

24-231628 CDD-B869.108

Índices para catálogo sistemático:
1. Poesia : Antologia : Literatura brasileira
B869.108

Eliane de Freitas Leite - Bibliotecária - CRB 8/8415

MAZZA EDIÇÕES

R. Bragança, 101 - Pompéia - 302890-410 - Belo Horizonte - MG

(31) 3481 0591 *edmazza@uai.com.br* *www.mazzaedicoes.com.br*

ANTOLOGIA POÉTICA DE AUTORIA NEGRA BRASILEIRA

ZILÁ BERND
LILIAM RAMOS
Organizanizadoras

CRISTINA GAMINO GOMES TONIAL
ROBERTA FLORES PEDROSO
Coorganizanizadoras

MAZA
edições

Agradecimentos:

Às autorias negras, que gentilmente
cederam seus textos para a composição
desta Antologia.

Ao Instituto de Letras da UFRGS,
pelo incentivo à publicação.

E acredito, acredito sim
que os nossos sonhos protegidos
pelos lençóis da noite
ao se abrirem um a um
no varal de um novo tempo
escorrem as nossas lágrimas
fertilizando toda a terra
onde negras sementes resistem
reamanhecendo esperanças em nós.

Conceição Evaristo, Todas as manhãs, 2008.

PREFÁCIOS

DOMÍCIO PROENÇA FILHO

Prefácio da edição de 1992

Com esta Antologia, Zilá Bernd comprova, mais uma vez, o profundo conhecimento do tema em que é, na atualidade, uma das mais conceituadas especialistas: a chamada literatura negra.

Retoma, em certa medida, matéria de sua tese de doutoramento, convertida em livro publicado em 1987, *Negritude e literatura na América Latina*, um pioneiro estudo comparativo entre literatura negra do Caribe e a sua correlata brasileira.

Desta vez, sem a pretensão de oferecer uma visão totalizadora, centraliza sua atenção exclusivamente em textos que considera representativos de uma poesia negra na realidade brasileira.

Nota-se, desde o título, que o livro indica um posicionamento: a base da seleção que apresenta não é o autor, enquanto negro, mas o texto literário caracterizador de uma condição específica e diferenciada, no âmbito da literatura nacional em que se integra.

Tal posição envolve uma questão ainda situada no tumultuado território da polêmica, o que suscita algumas considerações.

A expressão "literatura negra" corresponde, segundo entendo, a duas conceituações.

Em sentido restrito, pode-se considerar *negra* uma literatura feita por negros ou descendentes assumidos de negros e, como tal, reveladora de visões de mundo, de ideologias e de modos de realização que, por forças de condições atávicas, sociais e históricas, se caracterizam por uma certa especificidade, ligada a um intuito claro de singularidade cultural.

Em sentido amplo, nomeia a arte literária feita por quem quer que seja, desde que reveladora de dimensões específicas da condição do negro ou dos descendentes de negros, enquanto grupo étnico culturalmente singularizado.

Num ou noutro caso, a singularidade, notadamente num povo miscigenado como o brasileiro, vincula-se a elementos que não se restringem à cor da epiderme, ou seja, estende-se a traços ligados a aspectos míticos, sociais, históricos e ideológicos.

Claro está que os negros e os descendentes de negros de todos os matizes têm mais possibilidades de carregar, no âmago do seu psiquismo, por força de sua ancestralidade, um potencial de mitos, de ritos, de ritmos, de magia, de sedimentos, de História que se abre à sensibilidade artística e à sua conversão em matéria literária.

Zilá Bernd privilegia na sua seleção a conceituação *stricto sensu*. Embora parta dos textos, escolhe-os também na medida em que seus autores são reconhecidamente negros e mestiços de negro e por força de configurarem a assunção da singularidade cultural que os identifica e com qual se identificam.

Não é tarefa das mais fáceis. O produto literário de tal natureza tem concedido ênfase, notadamente no Brasil, à dimensão temática e ao testemunho de uma conscientização, necessária diante da discriminação sofrida pelo negro ao longo da história do nosso país.

A autora, entretanto, consegue ultrapassar o desafio e, salvo algumas exceções em que a mensagem se sobrepõe à poesia, reúne poemas que integram opção literária e comprometimento étnico assumido. Além disso, neste último espaço, assinala, numa classificação pessoal, várias tomadas de posição desprendidas da leitura dos textos, relacionadas com o compromisso revelado. Nesse sentido, adota como balizamentos periodológicos a Abolição da Escravatura e o início de uma ação assumida em defesa da causa do negro.

Assim, no período pré-abolicionista indica a voz isolada de Luiz Gama, a quem atribui um "discurso fundador"; no período pós-abolicionista, destaca Cruz e Sousa, que coloca no limiar da tomada de consciência da problemática existencial do negro, e Lino Guedes, em quem encontra traços, precursores, de elementos afro-brasileiros postos em evidência; distingue um período contemporâneo, que envolve escritores dos anos 1930 e chega até a década atual, onde situa textos de dez poetas, distribuídos em função das atitudes que seus poemas deixam perceber: a "consciência resistente", a "consciência trágica", a "consciência dilacerada". Acrescenta, ainda, exemplos de produções ligadas a dois grupos organizados a partir de 1978.

Entre textos configuradores do "dilaceramento", a professora e crítica inclui poemas de *Dionísio esfacelado: Quilombo dos Palmares*, de minha autoria, fato que muito me sensibiliza, porque, ao descrevê-los, moveu-me, efetivamente, ao lado do impulso para a poesia, a intenção de contribuir para a recuperação poética da presença do negro na formação cultural do Brasil.

Zilá Bernd não se limita, porém, à simples apresentação dos textos que selecionou a partir do material da pesquisa em que apoiou sua tese: informa ainda sobre autores e suas obras e enriquece o trabalho com oportunos comentários críticos.

Trata-se de uma publicação que se situa entre as mais sérias e representativas já publicadas, no gênero, em nosso país.

EDUARDO DE ASSIS DUARTE

Prefácio da edição de 2011

A presente antologia cumpre, desde sua primeira edição, em 1992, papel de relevo junto a pesquisadores, professores e estudantes de nossas letras interessados em ultrapassar os limites da literatura oficialmente estabelecida nos manuais e currículos escolares. Sua aparição soou como canto de esperança para uma pletora de textos e escritores condenados ao esquecimento Além dos poemas, a antologia contém informações de vida e obra, acrescidas de comentários sobre projeto poético de cada autor. Destaque-se, ainda, a organização que os situa perante a história da diáspora africana no Brasil, e às diferentes formas de pertencimento ao multifacetado universo cultural dos afrodescendentes. A feliz somatória de poesia, história e identificação em processo estabelece as balizas que iluminam os caminhos dos que se dispõem a conhecer e estudar essas vozes negras saídas do silêncio; bem como sua transformação, desde os lamentos e sussurros de uns, aos gritos vibrantes de indignação que marcam as falas de tantos outros.

A partir de então, muitos estudantes puderam tomar contato com a verve corajosa de Luís Gama e, não sem espanto, saber que tal coragem chegava ao ponto de o autor se proclamar "Orfeu de Carapinha", e pedir inspiração à "Musa da Guiné" cor de carvão. Isto nos idos de 1859, quando a literatura brasileira pós-independência dava seus primeiros passos, e a palavra "negro" era sinônimo de escravo, consequentemente, de ser humano reduzido a mera força física voltada ao trabalho braçal.

Mais adiante, ao lado dos nomes conhecidos de Cruz e Sousa e Abdias do Nascimento, este último muito mais por sua atuação política, o trabalho da pesquisadora revela ainda a força de Lino Guedes e Solano Trindade, vozes poderosas, porém isoladas em meio ao racismo explícito vigente na primeira metade do século XX; e mais Oswaldo de Camargo, Oliveira Silveira, Domício Proença Filho, Eduardo de Oliveira, Paulo Colina e Antônio Vieira, todos precursores da poesia afro-brasileira contemporânea. E, por fim, os jovens da geração 80: Cuti, Miriam Alves, Arnaldo Xavier, Jamu Minka, Márcio Barbosa, Éle Semog, José Carlos Limeira, Jaime Sodré, Jônatas Conceição. Muitos desses nomes persistem ainda hoje distantes do grande público, mas fazem-se presentes tanto por suas obras individuais quanto através das páginas da série *Cadernos Negros*, editada ininterruptamente desde 1978 em volumes alternados de contos e poesias.

Dada a escassez de estudos críticos e antologias,durante todos esses anos a coletânea e os trabalhos de Zilá Bernd - ao lado dos citados *Cadernos Negros*, as antologias *Axé: antologia contemporânea da poesia negra brasileira*, de Paulo Colina (1982), *O negro escrito* (1986), e *A razão da chama* (1987), de Oswald de Camargo - constituíram não só referências obrigatórias para os pesquisadores, mas também fontes preciosas para encontrar textos até então restritos a um pequeno grupo de aficionados ou especialistas.

Quando, em 2001, iniciamos o projeto integrado de pesquisa com vistas ao levantamento desta produção em todas as regiões brasileiras, tais obras aglutinaram-se em ponto de partida e imensa fonte de estímulo. E, se no presente, vemos os textos afro-brasileiros serem mais lidos, levados às salas de aula e objetos de artigos, monografias, dissertações e teses; e se temos disponível na Internet um portal como o **literafro** e, ainda, a publicação da obra *Literatura e afrodescendências no Brasil*, é preciso assinalar a importância desses trabalhos pioneiros[1].

É em boa hora, portanto, que surge esta segunda edição, agora rebatizada *Antologia de poesia afro-brasileira: 150 anos de consciência negra no Brasil*. Aqui a pesquisadora não só retoma a proposta inicial, mas a amplia, de olhos abertos ao mundo movente composto pelo conjunto de vozes cada vez mais altissonantes. A negritude - enquanto *lugar* e *olhar* afro-identificados - cresce de geração para geração e insere a poesia no canto que alimenta os *rappers* e os participantes de saraus e rodas de poemas. Tão antiga quanto o ser humano, a arte da palavra está mais do que nunca viva, embalando os sonhos e os sentimentos de toda população.

Nesse contexto, é preciso assinalar a presença crescente das vozes femininas, fato cultural da maior relevância, que não escapou à argúcia da pesquisadora, e que remete à força da participação do outrora chamado "segundo sexo" em todas as esferas da produção intelectual e artística contemporânea. Se, no primeiro livro, tínhamos o canto isolado de Miriam Alves, este agora se faz coro, acompanhado dos belos versos de Conceição Evaristo, Leda Maria Martins, Esmeralda Ribeiro, Jussara Santos e Ana Cruz. Tais escritos nos remetem a outras mulheres senhoras da palavra atuantes nesse início dos séculos em praticamente todos os países. Se o texto afro-brasileiro inaugura um fato novo no panorama da literatura nacional das últimas décadas, este é um fenômeno que se deve a homens e mulheres, a ponto de a palavra "poeta" ser usada agora de modo indistinto, tanto para um gênero quanto para o outro.

---

1 - O literafro - Portal da Literatura Afro-brasileira está disponível no endereço <www.letras.ufmg.br/literafro> e a coleção Literatura e afrodescendência no Brasil: antologia crítica - integra o catálogo da Editora UFMG.

Cumpre, por fim, saudar o reaparecimento desta obra que tantos méritos traz em suas páginas. A partir de agora, nossos leitores, especialmente os mais jovens, terão novamente a seu alcance uma expressiva amostra da força do verso e da energia infinda do poema afro-brasileiro, com seu leque sempre aberto de sentidos. E, em especial, a chance de mergulharem no canto imenso, pleno de beleza e lições, que nos têm legado os poetas brasileiros afrodescendentes.

MARIA DA GRAÇA GOMES PAIVA

Prefácio da edição de 2024

Datada de 1992, quando de sua primeira edição, esta nova versão oficial da Antologia – agora denominada *Antologia poética de autoria negra brasileira* – cumpre novamente com seu papel único e altamente inovador proposto pela professora e pesquisadora doutora Zilá Bernd, organizadora responsável por resgatar e ampliar o universo de *vozes poéticas de autoria negra* que, no mundo acadêmico das Letras e da Literatura, estavam reduzidas ao esquecimento, ao silenciamento, e que, nas diferentes edições desta coletânea, passam agora a ocupar espaços legítimos e de visibilidade, graças ao reconhecimento do talento criativo, postura crítico-social e da produção literária já premiada que emergem da força da palavra de cada poeta que compõe esta obra.

Neste "fio condutor" da visibilidade justa e necessária, esta versão atual da Antologia parte de uma proposta mais inovadora e contemporânea. Antes do "garimpo" destas autorias negras no universo das letras e da literatura poética, trata-se da composição da equipe responsável: professora doutora Zilá Bernd, autora de variados projetos afro-literários, a partir de sua tese de doutorado; professora doutora Liliam Ramos, com sua *expertise* em literatura latino-americana; e coorganização de duas doutorandas, Cristina Gamino

Gomes Tonial e Roberta Flores Pedroso. Temos, assim, uma proposta diferenciada colaborativa, de múltiplos olhares e vivências, na seleção dos textos e dos poetas. Não é o "eu", mas o "nós", na verdade, o *SOMOS*, como profeticamente está registrado em um poema de autoria do poeta sul-rio-grandense da Consciência Negra, Oliveira Silveira, precursor de todo o movimento da literatura de escrita negra no estado do Rio Grande do Sul.

A ênfase na produção sul-rio-grandense de poetas (homens negros e mulheres negras) também é digna de destaque, no sentido de quebrar o mito de que, embora sejamos ainda uma população minoritária no estado do Rio Grande do Sul – se comparado com outros estados brasileiros –, a grandeza singular de nossa "arte em verso" é sobremaneira rica e pujante, servindo de contraponto e referência para outras partes do país e do mundo.

Nesta nova edição de 2024, merecem relevância duas figuras da poesia de autoria negra feminina, que são resgatadas do esquecimento e do silenciamento: Maria Firmina dos Reis, poeta maranhense, autodidata como Machado de Assis, e Auta de Souza, do Rio Grande do Norte, a poeta que mais enriqueceu o território potiguar com sua produção poética importante e inovadora para sua época – como se prestássemos um tributo aos homens e mulheres negros e negras, fundadores desta poesia de autoria negra, cada um dentro de seu contexto social, histórico, político, econômico e cultural. É a "diáspora intelectual negra" se conectando, em versos, com as demais partes do território brasileiro!

Percebe-se que o "fio condutor" proposto desde o primeiro (2011) e o segundo (2012) prefácios se repete nesta nova edição, cujo enfoque é em temáticas diversas e de relevância, de autorias pouco lembradas no mundo das Letras e da Literatura, mas que merecem destaque pela alta qualidade de sua produção poética e pelas escolhas temáticas em suas publicações. Cito como exemplo a escolha de temas relacionados à *situação da mulher negra; ao racismo; à religiosidade afro-brasileira e temas ligados à história e à cultura afro-brasileira.* O diferencial? A voz, a autoria de quem vive ou já viveu no seu cotidiano questões ou mazelas.

Neste mosaico de 21 autorias, 13 são poetas negras mulheres e 9 são poetas negros homens, na sua maioria do Rio Grande do Sul, que, por meio dos seus versos e sussurros nas entrelinhas nos possibilitam (re)conhecer a cultura negra nas suas origens e na presença no nosso cotidiano. Melhor ainda, nos oferecem ferramentas, por meio da *arte* e da *sensibilidade* de cada singularidade, para melhor entendermos sobre as manifestações, com intenções racistas ao longo da nossa história, rompendo, mais uma vez, com a visão histórica distorcida de que temos "uma única história" enquanto povo brasileiro. Cito aqui parte da "escrevivência" da poeta Ana dos Santos: "A escrita é minha salvação / É a justiça feita pelas próprias mãos".

Em uma perspectiva didático-pedagógica, merecem nosso aplauso Zilá Bernd e sua equipe, pelos critérios e olhares acurados na seleção dos poetas e de seus textos, pois se constituem em recursos/ferramentas de ensino na qualificação do trabalho, tanto docente como discente, e na própria organização dos conteúdos curriculares, cuja intencionalidade primeira é romper, cada vez mais, com modelos de massificação de informação, de distorções que ainda se reproduzem e reforçam estereótipos étnico-raciais e que podem ser superados por meio das vivências em diálogo proporcionadas pelos poetas desta Antologia.

Cada vez mais, em respeito às novas gerações, torna-se necessário que o processo educacional, em seus diferentes níveis, tenha no seu propósito mais do que a *representatividade*, mas, principalmente, o *reconhecimento*, a *valorização* e o *respeito* à diversidade. Torna-se urgente a correção de posturas e superação de preconceitos nos sistemas educacionais. A presente Antologia vem esclarecer e ampliar a discussão sobre o *racismo estrutural* pelo viés da arte da escrita criativa em versos, enquanto componentes curriculares – conforme nos sinalizam o Parecer nº 3 do Conselho Nacional de Educação (2004), a Resolução do CNE, com seus 9 artigos (2004) e a Lei 10.639/2003, em especial o Artigo 26º. A proposta da intersetorialidade, educação artística/literatura e história do Brasil, se qualifica e enriquece projetos de *cursos e oficinas de formação continuada* para os docentes.

Portanto, a presente *Antologia poética de autoria negra brasileira* nos brinda com um retrato vivo de *atitudes, posturas* e *valores* de poetas que, com sua escrita e singularidade, são referências – pela sua trajetória de vida pessoal e de produção literária – na luta, na resistência e na busca constante em prol da construção de relações positivas, a partir de uma educação nas relações étnico-raciais neste país "pardo, pluriétnico e multirracial" denominado Brasil. Mais do que um convite, é uma leitura obrigatória de grande aprendizado! Um "olhar-se no espelho" e mergulhar no universo poético da palavra.

SUMÁRIO

II › ATUAIS / CONTEMPORÂNEOS 143

INTRODUÇÃO

ZILÁ BERND
LILIAM RAMOS
(organizadoras)

CRISTINA GAMINO GOMES TONIAL
ROBERTA FLORES PEDROSO
(coorganizadoras)

É com grande satisfação que apresentamos a presente ***Antologia poética de autoria negra brasileira***, pela Mazza Edições, de Belo Horizonte, uma das mais antigas e tradicionais editoras a promover a literatura de autoria negra, também conhecida como literatura afro-brasileira ou simplesmente literatura negra.

A Antologia anterior, de 2011, teve por título *Antologia de poesia afro-brasileira – 150 anos de consciência negra no Brasil*. Cabe a pergunta: por que a mudança de denominação?

Nos baseamos na argumentação de muitos escritores que, entre as designações "literatura negra" ou "literatura afro-brasileira", elegeram a designação "**autoria negra**", que nos pareceu muito oportuna, na medida em que o que realmente importa é o fato de os autores assumirem, em sua criação poético-ficcional, uma autoria negra. Ademais, é necessário reiterar que autores e autoras negros e negras não, necessariamente, precisam escrever sobre a temática da negritude, como será possível observar na seleção de poemas que compõem esta Antologia; entendemos que as temáticas escolhidas pelas autorias são diversas e relevantes para os estudos da poesia produzida no Brasil. Nesse sentido, nesta Introdução, bem como nos Comentários Críticos relacionados às autorias, utilizaremos ora o termo literatura negra ora o termo literatura afro-brasileira, sempre destacando a pertinência da autoria e das escolhas temáticas realizadas.

É importante lembrar que a primeira compilação de poesia de autoria negra brasileira organizada por Zilá Bernd, publicada pelo Instituto Estadual do Livro do Rio Grande do Sul, em 1992, trazia como título *Poesia negra brasileira: antologia*. Ao analisar esse percurso de pesquisa, observamos que a pesquisadora sempre esteve atenta às discussões e propostas advindas de escritores e estudiosos/as das literaturas de autorias negras no Brasil.

Muitos leitores, sobretudo os admiradores das autorias negras brasileiras, irão sentir falta de um grande número de autores/as com os quais já estavam familiarizados, sendo muitos deles/as nacional e internacionalmente conhecidos. Ao realizarmos a seleção, procuramos não repetir aqueles/as que já haviam composto a *Antologia de poesia afro-brasileira* e que já não estão entre nós, como, por exemplo, os grandes poetas Luís Gama e Oliveira Silveira, assim como a já consagrada Conceição Evaristo. Somente incluímos, na atual versão da Antologia, as autorias que constaram na Antologia de 2011 e que seguiram publicando após 2012. Também foi nossa intenção homenagear aqui autorias pouco lembradas, praticamente ausentes de nossa literatura, mas que podemos considerar como precursoras, como Maria Firmina dos Reis (pouco lembrada por seu livro de poemas) e Auta de Souza, por exemplo. Outras contemporâneas poderiam também ter sido elencadas, mas espaços em antologias são limitados.

Contudo, é interessante ressaltar que desde os finais do século XIX mulheres sentiram-se motivadas e impulsionadas para a escrita, sobretudo para registrar através da poesia etapas de suas vivências.

A *Antologia de poesia afro-brasileira* (Mazza, 2011) contou com um número bem mais significativo de poetas e poetisas. Foram selecionadas obras de 27 autores de diferentes estados brasileiros que produziram desde o período pré-abolicionista, como Luís Gama, passando pelo período pós-abolição com Cruz e Sousa e Lino Guedes, para depois adentrar no período contemporâneo, introduzindo autores como Solano Trindade, Eduardo de Oliveira, Domício Proença Filho, Oswaldo de Camargo, Abdias do Nascimento, Oliveira Silveira, Paulo Colina e Cuti. Quanto à autoria feminina, foram incluídas Conceição Evaristo, Miriam Alves, Leda Maria Martins, Esmeralda Ribeiro, Jussara Santos e Ana Cruz. Para completar esse rico elenco de autores foram escolhidos aqueles cuja busca identitária correspondia ao que chamamos de "raiz única", como Adão Ventura, Oubi Inaê Kibuko, Jamu Minca, Marcos Dias e Ronald Augusto. Quanto aos de enraizamento "dinâmico e relacional", foram selecionados: José Carlos Limeira, Carlos Machado, Ele Semog, Edimilson de Almeida Pereira e Anelito de Oliveira.

Podemos observar que alguns dos poetas selecionados nesta Antologia de 2011 estão novamente presentes no atual volume e outros não. A razão para tal decisão editorial foi dada acima: o critério foi o de autores que seguiram publicando desde 2011 até os dias de hoje.

As autorias selecionadas estão reunidas em dois grandes blocos: I. Precursores / Iniciadores e II. Atuais / Contemporâneos. No âmbito de cada um dos blocos, procuramos observar a cronologia de nascimento de cada autoria. Assim, em nosso elenco, constam as autorias que, para além de seguirem publicando até a atualidade, concordaram em assinar a carta de cessão de direitos autorais. Alguns poetas convidados não responderam aos contatos; outros, declinaram do convite por diferentes motivos, incluindo questões editoriais.

A *Antologia poética de autoria negra brasileira* está composta por 21 autorias, sendo nove homens e treze mulheres. O trabalho de coleta de dados e de autorizações foi desenvolvido ao longo de pouco mais de um ano, contando com a colaboração das duas organizadoras: Zilá Bernd, pesquisadora 1-A do CNPq, e Liliam Ramos, professora adjunta do Programa de Pós-Graduação em Letras (PPG-Letras) da Universidade Federal do Rio Grande do Sul, além de duas coorganizadoras, Cristina Gamino Gomes Tonial e Roberta Flores Pedroso, doutorandas do mesmo PPG-Letras. Todas as quatro trabalham com literatura de autoria negra há muitos anos, tendo publicado artigos, livros e teses de mestrado e doutorado sobre a temática.

Lembremo-nos de que a presente Antologia contém material de grande importância para professores e alunos que, em razão da Lei 10.639/03, torna obrigatório o ensino de história, cultura e literatura afro-brasileiras em todas as escolas do país. A *Antologia poética de autoria negra brasileira* tem também esta função: disponibilizar a professores e bibliotecas escolares uma coletânea poética que, embora não respeita a diacronia, apresenta uma produção importante de autores que consideramos fundadores da poesia de autoria negra, assim como os mais recentes, abordando temas essenciais como a situação da mulher negra, o racismo, a religiosidade afro-brasileira e outros temas ligados à história e à cultura afro-brasileira.

Retomamos, aqui, um trecho publicado na edição de 2011, que destaca a função didática e pedagógica essencial que pode ter uma antologia:

> Tomada a poesia como forma privilegiada de extravasar a consciência negra, é possível afirmar que a inclusão da literatura negra na educação contribui não só para o (reconhecimento da cultura negra e suas origens entre os alunos, mas também para que os demais possam conscientizar-se do preconceito que perdura até hoje na sociedade brasileira, como amargo legado da escravidão. (2011, p. 23)

Destacamos, assim, o grande alcance desta Antologia que ora trazemos a público: ela pode, através da leitura sensível de poemas que emocionam, tornar-se igualmente um poderoso instrumento contra o racismo que ainda perdura em nosso país, na medida em que aponta, com arte e sensibilidade, diferentes facetas da cultura afro-brasileira, dando ênfase às manifestações racistas ocorridas ao longo da história de cerca de 400 anos de presença afro no Brasil.

1 ›
PRECURSORES/ INICIADORES

MARIA FIRMINA DOS REIS

Fonte: elaboração digital de Waniel Jorge Silva, a partir das descrições colhidas por Nascimento Morais Filho (1975).

Vai-te!

In: Cantos à beira-mar, 1871

Entre tu, – que és tão sensível,
E eu, que te adoro tanto,
Colocou a sorte – o pranto,
Marcou Deus, – o impossível!

Ouviste! Deus! Não intentes
Frustrar os decretos seus!
Sufoca as dores que sentes,
Esquece os transportes meus.

Vai longe, longe olvidar
Nossos protestos de amor!
Vai teu fado obedecer;
Vai... não voltes... trovador.

Sofre, embora, cruas dores,
Sinta eu lenta agonia;
Embora mil dissabores
Me envenene a noite, e o dia,
Vai-te! Vai-te... Deus nos diz:
Impossível! Oh! que dor!...
Vai-te... deixa-me, infeliz,
Vai-te! Vai-te, oh trovador.

Dirceu

In: Cantos à beira-mar, 1871

À memória do infeliz poeta Tomás Antônio Gonzaga.

Onde, poeta, te conduz a sorte?
Vagas saudoso, no tristonho error!
Longe da pátria... no exílio... a morte
Melhor te fora, mísero cantor.
Bardo sem dita!... patriota ousado
Quem sobre ti a maldição lançou!.?.
Cantor mimoso, quem manchou teu fado?
E o voo d'águia te empeceu, — cortou?
Quem de tua lira despedaça as cordas,
As áureas cordas de infinito amor?!
Essas mesquinhas, virulentas hordas.
A voz d'um homem, que se crê senhor!...

Esquece-a

In: Cantos à beira-mar, 1871

Amor é gozo ligeiro,
Mas é grato e lisonjeiro
Como o sorriso infantil;
Promessa doce, e mentida,
Alenta, destrói a vida;
É um delírio febril.
Muito te amei... minha lira,

Que triste agora suspira,
Nesta erma solidão,
Bem sabes – rica de flores,
Cantava os ternos amores,
Do meu terno coração....

O meu segredo

In: Cantos à beira-mar, 1871

Aqui no exílio – revolvendo a mente
Breve passado, – momentâneo gosto,
Qual fugaz meteoro;
Ao riso estulto da profana gente,
Pálido volvo p'ra não vê-la o rosto,
E magoado choro.
E as turbas passam: – nem sequer p'ra mim
Seus olhos lançam – nem as vejo eu
O que há de comum
Entre mim e os homens? Eles riem,
Eu choro – seu viver não é o meu,
Não os amo a nenhum.

Ela

In: Cantos à beira-mar, 1871

Ela! Quanto é bela, essa donzela,
A quem tenho rendido o coração!
A quem voltei minh'alma,
A quem meu peito num êxtase de amor vive sujeito...
Seu nome!... não – meus lábios não dirão.

Ela! Minha estrela, viva e bela,
Que ameiga meu sofrer, minha aflição;
Que transmuda meu pranto em vago riso.
Que da terra me eleva ao paraíso...
Seu nome!... Oh! meus lábios não dirão!...

MARIA FIRMINA DOS REIS
BIOGRAFIA

Século XIX, auge do Romantismo, quando o letramento era privilégio do sexo masculino. Uma jovem maranhense, negra, professora e de origem humilde tomou a pena para escrever um romance de grande relevância, se não para a época, certamente para os dias atuais. Nosso momento histórico é propício para preenchermos o espaço que faltava na história literária com o primeiro romance abolicionista do Brasil escrito por uma brasileira. Em 1859, publicava-se a primeira edição de *Úrsula*, no lugar do próprio nome, a autora optou pela simples inscrição em tom apócrifo: "uma maranhense". O prólogo tornava o romance um mistério tanto no sentido genérico como na autodescrição: "Mesquinho e humilde livro é este que vos apresento, leitor. Sei que passará entre o indiferentismo glacial de uns e o riso mofador de outros, e ainda assim o dou a lume."

> Não é vaidade de adquirir nome que me cega, nem o amor próprio de autor. Sei que pouco vale este romance, porque escrito por uma mulher, e mulher brasileira, de educação acanhada e sem o trato e conversação dos homens ilustrados, que aconselham, que discutem e que corrigem, com uma ilustração misérrima, apenas conhecendo a língua de seus pais, e pouco lida, o seu cabedal intelectual é quase nulo... (REIS, 1988, p. 19)

Contudo, é provável que este prólogo, na realidade, fosse um subterfúgio linguístico de sofisticada ironia de quem bem conhecia o seu espaço e os prováveis leitores. O texto anunciava nas entrelinhas que se tratava de uma obra que estaria na contramão dos romances românticos daquele período. Em 1962, chamou a atenção do pesquisador Horácio de Almeida, quando realizava compras em um sebo no Rio de Janeiro, um livro com o prólogo assinado por "uma maranhense". Encontrava-se, então, o único exemplar de Úrsula, de que se tinha notícia; por consequência o pesquisador acabou descobrindo a identidade da autora. Afinal, quem era aquela encoberta pelo genérico "uma maranhense"?

Maria Firmina dos Reis, nascida em 11 de março de 1822, na ilha de São Luís (MA), pouco antes de o Brasil se tornar independente de Portugal. Todavia, vale aqui ressaltar que tanto a vida quanto a obra desta escritora estão recentemente sendo exploradas nos meios acadêmicos e, portanto, como parte disso, novas informações surgiram para reparar alguns equívocos sobre a história de Firmina. Um deles foi a data de nascimento, aqui lavrada, em conformidade com as atuais pesquisas. Em estudo corrente realizado pela professora da UFMA Dilercy Adler, descobriu-se que fora a própria Maria Firmina a solicitar o reparo em seu registro de nascimento que contava até então como 11 de outubro de 1825. O fato se sucedeu por ensejo de sua nomeação para o cargo de professora, precisamente em 1847. Além disso, a origem étnica dos pais foi redescoberta: João Pedro Esteves era negro e Leonor Felipe dos Reis, sua mãe, era mulata e não branca como divulgado em textos anteriores ao da pesquisadora da UFMA, tendo sido inclusive escrava do comendador Caetano José Teixeira, um dos maiores negociantes do Maranhão, na passagem do século XVIII ao XIX. Esses aspectos biográficos sobre a filiação de Maria Firmina, cuja fisionomia verdadeira não se conhece, merecem crédito, porque fazem parte de uma história em descoberta, visto que em muitos momentos fora reinventada de modo equivocado, chegando a descambar para um branqueamento característico e ilustrativo da literatura oficial brasileira.

Em 1861, a autora lança em formato de folhetim *Gupeva*, narrativa curta de temática indianista, publicada em capítulos na imprensa local, e com novas reedições ao longo da década de 1860.

Seu volume de poemas *Cantos à beira-mar*, cuja primeira edição é de 1871, traz textos marcados por forte inquietação e por uma subjetividade feminina por vezes melancólica diante da realidade oitocentista marcada pelos ditames do patriarcado escravocrata e, também, representada como problema perante a sensibilidade da autora. Maria Firmina perdeu a mãe aos 5 anos de idade, vindo a ser criada pela avó materna. Posteriormente, foi acolhida por uma tia, também materna, que dispunha de uma situação cultural e econômica confortável, o que lhe teria permitido acesso a alguns bens culturais como o estudo. No entanto, até o momento, não encontramos registros que comprovem sua educação formal, supondo que, assim como Machado de Assis e tantos outros, muito de seu conhecimento tenha sido obtido por autodidatismo.

Figura instigante e curiosa, Maria Firmina desafiou a sociedade patriarcal e mandonista ao se tornar, em 1847, aos 22 anos, a primeira professora concursada na cidade de Guimarães (MA). Logo após a sua aposentadoria em 1880, muda-se para Maçaricó, em 1881, e ali, naquele vilarejo em que residia, cria uma das primeiras escolas mistas do país, exclusivamente para crianças filhas de trabalhadores das fazendas vizinhas, provavelmente filhos e filhas de escravizados. Depois de dois anos em funcionamento, a escola foi fechada por ordem do governo.

Tendo compreendido a relevância histórica e literária dos escritos de Maria Firmina dos Reis, o jornalista e escritor José do Nascimento Morais Filho realizou uma intensa pesquisa nos jornais locais do século XIX e início do XX, na Biblioteca Pública Benedito Leite. Em 1975, publicou a edição fac-símile de Úrsula, prefaciada pelo bibliófilo Horácio de Almeida, e, ainda no mesmo ano, o primeiro volume de *Maria Firmina – fragmentos de uma vida*, obra que reúne poesias, hinos, contos, charadas, depoimentos de alunos e alunas da escola de Maçaricó, textos publicados em jornais e parte de um diário que trazia como título "Álbum". A pesquisa minuciosa de Nascimento Morais estampava o propósito de apresentar à sociedade o pioneirismo da autora em várias direções. Apesar de Maria Firmina dos Reis (1825-1917) ser conterrânea de vários escritores, como Gonçalves Dias, Aluísio de Azevedo, Sousândrade, entre outros, ela não obteve a mesma visibilidade, não foi reconhecida nacionalmente como escritora.

BIBLIOGRAFIA DA AUTORA

Obra individual

Úrsula [romance original brasileiro]. São Luís: Typographia do Progresso, 1859. (romance)

Gupeva. Publicado inicialmente no jornal *O jardim dos maranhenses*, em 1861; republicado no jornal *Porto Livre*, em 1863, e novamente em *Echo da juventude*, em 1865; 6. ed. São Luís: Academia Ludovicense de Letras - ALL, 2017, apêndice à edição de *Cantos à beira-mar*. (conto)

Cantos à beira-mar. São Luís: Typografia do Paiz, 1871; 2. ed. Edição fac-similar organizada por Nascimento Morais Filho. Rio de Janeiro: Granada, 1976; 3. ed. São Luís: Academia Ludovicense de Letras - ALL, 2017. (poesia)

Úrsula (romance); incluindo o conto "A escrava". 6. ed. Atualização do texto, cronologia e posfácio de Eduardo de Assis Duarte. Belo Horizonte: PUC Minas, 2017; 7. ed. Atualização do texto, cronologia e posfácio de Eduardo de Assis Duarte. Belo Horizonte: PUC Minas, 2018.

Antologias

Parnaso maranhense, 1861.

Maria Firmina – Fragmentos de uma vida. Organização de Nascimento Morais Filho. São Luís: Comissão organizadora das comemorações de sesquicentenário de nascimento de Maria Firmina dos Reis, 1975.

Escritoras brasileiras do século XIX. Organização de Zahidé Lupinacci Muzart. Florianópolis: Ed. Mulheres; Santa Cruz do Sul: Edunisc Editora, 1999.

Literatura e afrodescendência no Brasil: antologia crítica. Organização de Eduardo de Assis Duarte. 2. reimpressão. Belo Horizonte: Editora UFMG, 2021. V. 1 - Precursores.

COMENTÁRIO CRÍTICO

Cantos à beira-mar, livro de poesia publicado no ano de 1871, escrito por Maria Firmina dos Reis, uma mulher negra e nordestina do século XIX, é também o livro que fez dela a primeira poeta maranhense. *Cantos à beira-mar* teve três edições apenas: em 1871, em 1976 e em 2017, esta última pela Academia Ludovicense de Letras (ALL), Maranhão.

Em todos os poemas, é possível perceber um forte sentimento de afeição pelo litoral do Maranhão e pelas pessoas com as quais Firmina conviveu, além do sentimento patriótico. *Cantos à beira-mar* está ligado aos sentimentos e ao contexto histórico que passam pela estética romântica. Este livro de poemas apresenta um lirismo profundo e um sentimento de gratidão por pessoas que fizeram parte da vida da autora. A obra começa com uma homenagem para quem a iniciou no mundo das letras, sua mãe, Leonor Felippa dos Reis: "À memória de minha veneranda mãe./ Minha Mãe! – as minhas poesias são tuas".

A figura feminina se sobressai na obra como um ser forte capaz de vencer as adversidades sem perder a pureza do ser. Ao publicar suas poesias, a poeta colocava a mulher em lugar de destaque num momento em que o espaço era praticamente masculino. *Cantos à beira-mar* transborda e evoca uma contemplação ativa e explícita de seus sentimentos mais recônditos, aproximando-se de seus pensamentos e subjetividades, além da conexão com a ideia do sagrado.

REFERÊNCIAS

Biblioteca Digital de Literatura de Países Lusófonos.

LITERAFRO. O portal da literatura afro-brasileira. *Maria Firmina dos Reis*. 11 dez. 2023. Disponível em: < http://www.letras.ufmg.br/literafro/autoras/322-maria-firmina-dos-reis>. Acesso em: 3 abr. 2024.

REIS, Maria Firmina dos. *Cantos à beira-mar* e *Gupeva*. São Luís: Academia Ludovicense de Letras, 2017.

REIS, Maria Firmina dos. *Úrsula e outras obras*. Brasília: Edições Câmara, 2018.

PEDROSO, Roberta Flores. *Úrsula*. Maria Firmina dos Rei. Coleção Clássicos Comentados. Porto Alegre: Editora Leitura XXI, 2018.

AUTORIA DO VERBETE

Roberta Flores Pedroso

AUTA DE SOUZA

Fonte: Templo Cultural Delfos

Alguém na estrada

In: Horto, 1898

Alguém te espera o amor, estrada afora,
Seja o dia translúcido ou cinzento,
Para extinguir a sobra e o sofrimento,
Nas empedradas trilhas de quem chora!...

Não te detenhas!... Vem!... O tempo é agora,
Há quem te arrase ao temporal violento,
E corações ao frio, à noite e ao vento
Ante a descrença que se desarvora...

Vem à estrada do mundo!... Ampara e ama!...
Esclarece e consola, alça por chama,
O próprio coração fraterno e amigo!...

Esse alguém é Jesus que te abençoa!...
Trabalha, serve, esquece-te, perdoa
E o Mestre Amado seguirá contigo!...

Versos ligeiros

In: Horto, 1898

Eu acho tão feiticeira
A Noemita da esquina,
Com o seu recato de freira,
Muito morena e franzina;
Que fico toda encantada
Quando na Igreja a contemplo,
Pois cuido ver uma fada
Ajoelhada no Templo.
Doce nuvem cor-de-rosa
Parece que a Deus se eleva.
D'aquela boca mimosa,
D'aquele olhar cor de treva.
É sua prece que voa,
Indefinida e tão mansa,
Como um hino que ressoa,
Como uma voz de criança
A trança de seu cabelo,
(Como ela é negra, Jesus!)
Semelha um lindo novelo
Tão preto que já reluz.
Tem a boquinha vermelha
Como uma rosa entreabrindo...
É um favo de mel de abelha
Aquela boca sorrindo!
Minh'alma nunca se cansa
De vê-la assim, tão divina,

Sempre formosa e criança
Com seu perfil de menina.
Às vezes, eu olho-a tanto,
Com tanta veneração,

Que fico muda de espanto,
Depois da contemplação.
É verdade que não faz
Mal nenhum fitá-la assim...
Meu Deus! se eu fosse rapaz
O que diriam de mim?!

Soledade

In: Horto, 1898

Ó doce morenita
De olhar magoado e triste,
Onde a Saudade existe
E o Desconsolo habita...

Faz pena ver-te assim
À hora do sol-posto,
Anuviado o rosto,
Ó meigo serafim!

Às vezes penso e cismo
No que te faz sofrer.
E sinto que o meu ser
Quer desvendar um abismo.

Por que soluça tanto
Um coração de pomba,
Se a noite amena tomba
Cheia de paz e encanto?

Por que teu cílio treme
Interrogando a lua?
Que grande dor é a tua?
Por que teu seio geme?

Acaso esta saudade
Que o teu olhar encerra
Será porque na terra
Chamam-te Soledade?

Será? Mas que lembrança
Foi essa, meu jasmim,
De dar um nome assim
A um'alma que é um sonho.

A um'alma que é um sonho
Mais branco do que um véu,
Caído lá do céu
Neste paul medonho!

AUTA DE SOUZA

BIOGRAFIA

Auta de Souza é mais uma das escritoras apagadas do panteão literário. Sua história se difere em muitos aspectos de outras companheiras, tanto no quesito cor, quanto na situação socioeconômica. Nascida em Macaíba (RN), em 12 de setembro de 1876, é filha de uma união inter-racial entre Eloy Castriciano de Souza e Henriqueta Leopoldina de Souza, membros da elite econômica do estado. A morte prematura dos pais desencadeou uma profunda angústia na vida de Auta e a única menina, entre os seus quatro irmãos, mudou-se para o Recife sob a tutela dos avós maternos. Em razão da confortável situação financeira, a menina gozou de uma boa formação no colégio interno São Vicente de Paula, em Estância (PE), onde aprendeu noções de música, desenho e língua estrangeira.

Algumas lembranças dolorosas marcaram a vida de Auta de Souza: além dos pais, também perdeu um dos irmãos, Ireneu, queimado num incidente aos 12 anos; mais tarde, em 1897, a morte do seu grande amor, um jovem promotor paraibano, João Leopoldo, acometido da doença do século, a tuberculose. Auta foi separada por duas vezes do jovem amor. Na primeira, os irmãos intervieram na relação e, na segunda, a enfermidade.

Todos esses infortúnios, contudo, não afetaram a sua produção poética, pelo contrário, serviram de material para seus versos. Desde os 16 anos ela já escrevia e, aos 18, passou a colaborar com a revista *Oasis* (1894), um periódico literário; aos 20 escrevia para *A República* (1896), jornal de maior circulação de Natal, o que lhe deu visibilidade para a imprensa de outras regiões. Convém, no entanto, registrar que somente a partir de 1897 Auta passou a publicar seus versos assiduamente.

As peculiaridades da vida da escritora e, principalmente, o lugar de prestígio que sua família ocupava na sociedade, favoreceram o seu ingresso no meio literário, sendo bem aceita na imprensa nacional.

Horto, segundo a interpretação semântica, é um lugar de tormento por alusão ao Jardim das Oliveiras, onde Jesus orava e foi preso. Auta de Souza elegeu também o horto como o espaço que simbolizasse o seu sofrimento. Em uma análise mais profunda da obra e considerando as leituras da poetisa, constata-se o desejo de invisibilidade do negro porque entendia que sua situação social e financeira possibilitaram certo *status* literário. Em uma situação a dversa, teria ela sido aceita pelos interlocutores da época?

Entre os anos de 1893 a 1897, Auta escreveu um manuscrito denominado *Dhália*, contendo poemas em homenagem ao seu grande amor. Em seguida, amplia sua produção utilizando os antigos poemas de *Dhália* acrescidos de novas produções no que se tornará o único livro publicado da autora, *Horto*, em 1898. A vida da poetisa potiguar foi curta: ela faleceu precocemente aos 24 anos, no dia 7 de fevereiro de 1901.

BIBLIOGRAFIA DA AUTORA

Horto. Prefácio de Olavo Bilac, contendo 114 poemas. 1. ed. Rio de Janeiro: Tipografia d'A República; Biblioteca do Grêmio Polimático, 1900.

Horto. Incluindo 17 novos poemas que integravam o manuscrito *Dhália* – Breve biografia da autora, por seu irmão Henrique Castriciano de Sousa; ilustração e capa de D. O. Widhopff. 2. ed. Paris: Tipographie Aillaud, Alves & Cia., 1910.

Horto. Prefácio de Tristão de Ataíde (Alceu Amoroso Lima). 3. ed. Rio de Janeiro: Tip. Batista de Sousa, 1936.

Horto. 4. ed. Natal: Fundação José Augusto, 1970.

Horto. Brasília: Sociedade de Divulgação Espírita Auta de Souza, 2000.

Horto, outros poemas e ressonâncias [obra reunida]. Natal: EDUFRN, 2009. 270 p.

Manuscritos

Dhália. [S.l.: s.n., 1893-1897]. Manuscrito.

Horto. Manuscrito. (1898).

COMENTÁRIO CRÍTICO

Auta de Souza soube registrar em seus poemas características essencialmente brasileiras, expressando os sentimentos da nação: a saudade, a religiosidade e principalmente a sua terra, o Rio Grande do Norte. Sua lírica é carregada de devoção à simplicidade, às tradições de seus conterrâneos. Certamente, era uma forma de trazê-los para mais perto da poesia.

A obra da poeta potiguar ecoa fortemente com as camadas mais populares, pois seus versos mantinham rimas simples e muito espontâneas, resultando em outra forma de apreciação de seus versos. Eles passaram a ser musicados e cantados por trovadores, seresteiros e admiradores. Até o momento, ela é ainda a poeta que mais enriqueceu o cancioneiro potiguar.

Em *Versos ligeiros*, revela uma menção positiva em relação à cor negra, no qual o eu poético expressa a admiração por uma menina de cor morena. É possível perceber que Auta de Souza revela nestes versos a impossibilidade de viver integralmente sua afrodescendência num país que menospreza sua etnicidade.

A crítica questiona por que as questões étnicas não estão à vista na obra de Auta de Souza, entretanto, essa questão é apresentada em outras camadas dos poemas. Escritores e escritoras como Auta de Souza precisaram ser estrategistas a fim de poder cantar seus versos. Antes da crítica, vem a leitura.

REFERÊNCIAS

CAMARGO, Oswaldo de. *O negro escrito*. São Paulo: Imprensa oficial do Estado.1987.

CASCUDO, Luis da Câmara. *Vida breve de Auta de Souza (1876-1901)*.

Recife: Imprensa Oficial, 1961.

DUARTE. Constância Lima. *Nísia Floresta:* vida e obra. 2. ed. rev. Natal: EDUFRN.

2008.

FENSKE, Elfi Kürten. *Auta de Souza* – Seus versos e traços de sua vida breve. Templo Cultural Delfos. 12 jun. 2013. Disponível em: <https://www.elfikurten.com.br/2013/05/auta-de-souza.html>. Acesso em: 3 abr. 2024.

GOMES, Ana Laudelina Ferreira. *Vida e obra da poeta potiguar Auta de Souza (1876-1901)*. Museu Câmara Cascudo. Disponível em: <www.mcc.ufrn.br>. Acesso em: 3 abr. 2024.

AUTORIA DO VERBETE

Roberta Flores Pedroso

DOMÍCIO PROENÇA FILHO

Fonte: Academia Brasileira de Letras

Miscigenação

In: Antologia poética da Academia Brasileira de Letras, 2020

Inexorável
a libido incendiada
escreve a letra
isenta:
inunda chão de senzala
lençóis de casa-grande,
a pátria regada a sangue
de cores variegadas
democratiza o percurso
e emerge um povo macamba
pesar de todas as penas
negras, cafuzas, índias e mulatas.
Eros moreniza
a terra inaugurada
e a carne apaga o verbo
de cronistas assustados
as penas tremem
excitadas,
véspera do novo esterco
de canteiros falsos.
A vida nega o discurso
dos sacerdotes de Cronos.
Eros, um sorriso
enigmático.

O homem

In: O risco do jogo, 2013

A imagem
azeda
a mesa posta:
o homem
(era um homem)
expõe o rosto
crestado
pela seca os olhos de esperança
carcomida
na magia da eletrônica
e do mito.
O homem
(era um homem)
impávido colosso
antes de tudo um forte
ergue entre os dedos
tensos, sequiosos,
o fruto da vitória
o louro da coroa:
o homem
(era um homem)
caçara em sua míngua
o pão
de cada dia
e o exibe
ao mundo
imagem da conquista
no rio seco
da existência amara.

Ei-lo inerte
no espaço da comunicação:
exibe em cores
a glória dos despojos
a paga de seu ato
de viver
na condição da míngua:
entre os dedos
na altura da boca
assume o quadro
o objeto central
desse retrato:
o homem
(era um homem)
pendura sua fome
no prato dos sem nome:
um rato.

O pátio dos enforcados

In: Antologia poética da Academia Brasileira de Letras, 2020

No pátio
jaz
o patíbulo
e a corda.
No ar,
esponjas de fel.
Nas esquinas do tempo
a cal
e as cruzes
do sangue
o sal
a mão do carrasco.
Há ruínas
de palácios e sombras
e cicatrizes
e sob o manto de asfalto
fermentam
velhas raízes
adubadas de silêncio
e da palavra enforcada:
nos labirintos do tempo
treme a flor anunciada
e floresce no patíbulo
a corda desabrochada.
Há ruas loucas de fome
e uma sede de séculos
nessa praça envergonhada.

DOMÍCIO PROENÇA FILHO
BIOGRAFIA

Nascido em 1936, Domício Proença Filho é professor emérito e professor titular de Literatura Brasileira da Universidade Federal Fluminense, aposentado. É doutor e livre-docente em Letras. Foi professor titular convidado (*Gastprofessor*) na Universidade de Colônia e na Escola Técnica de Altos Estudos de Aachen, Alemanha. Sua participação em congressos, encontros e seminários no Brasil e no exterior é intensa, tendo sido palestrante em Lisboa, Coimbra, Porto, Colônia, Tübingen, Munique, Roma, Bolonha, Madri, Salamanca, Paris, Clermont Ferrand, e Minnesota.

Para além de poeta e ficcionista, Domício Proença Filho publicou livros que foram referência obrigatória nos Institutos de Letras de todo o país, tais como *Estilos de época na literatura, a linguagem literária*; *Nova ortografia da língua portuguesa – Guia prático*; *Leitura do texto, leitura do mundo*; além de seus inúmeros e preciosos livros de poesia e prosa: *Oratório dos inconfidentes, O risco do jogo – Poemas, Capitu: memórias póstumas (romance), Breves estórias de Vera Cruz das Almas, Dionísio esfacelado* e *O cerco agreste*. É membro da Academia Brasileira de Letras, da qual já foi presidente (2016-2017, da Academia Brasileira de Filologia, da Academia das Ciências de Lisboa e do PEN Clube do Brasil.

BIBLIOGRAFIA DO AUTOR

Sua bibliografia é muito extensa, pois inclui um grande número de ensaios, artigos científicos em livros e revistas, sobretudo na área de Letras, para além de participação e/ou organização de obras coletivas, trabalhos para teatro, rádio, cinema e televisão no Brasil e no exterior. Listaremos, aqui, suas obras mais representativas como poeta e prosador que estão no *site* da ABL.

Poesia

O Cerco Agreste. Belo Horizonte: Comunicação, 1979.

Dionísio esfacelado (Quilombo dos Palmares). Rio de Janeiro: Achiamé, 1984; 2. ed. Rio de Janeiro: Autêntica, 2017.

Oratório dos inconfidentes. Ilustrado com inéditos de Portinari. 1. e 2. ed. Rio de Janeiro: Leo Christiano Ed., 1989.

O risco do jogo. São Paulo: Prumo, 2013.

El riesgo del juego. Trad. e prefácio de Antonio Maura. Bilbao: Celesta, 2018.

Ficção

Breves estórias de Vera Cruz das Almas. Rio de Janeiro: Fractal, 1991. 1º lugar no Concurso Literário da Secretaria de Cultura e da Fundação do Distrito Federal, 1990.

Estórias da mitologia – O cotidiano dos deuses. Rio de Janeiro: Leviatã, 1995.

Capitu: memórias póstumas. Romance. Rio de Janeiro: Artium, 1998; 2. ed., 1999; 3. ed., 2005; 4. ed., 2018.

Eu, Zeus. Narrativa ficcional. São Paulo: Global, 2000; 2. ed., 2005.

Nós, as deusas do Olimpo. São Paulo: Global, 2000. 2. ed., 2005.

Os Deuses, menos o Pai. São Paulo: Global, 2000. 2. ed., 2005.

Capitu: memorie postume. Trad. e pref. de Guia Boni. Cagliari: Fabula, 2006.

Capitu: memórias póstumas. Texto para leitura dramatizada. 2008.

COMENTÁRIO CRÍTICO

Começo meu comentário citando as belas palavras de Domício Proença Filho em seu discurso de posse na ABL, em 2016:

> Vivo de meia dúzia de ideias e de algumas palavras. E é a palavra, aliada à ação criadora e pedagógica, base do meu percurso de vida que me traz a essa Casa das Letras. A mais relevante do país. A essas dimensões associa-se, cúmplice, o beneplácito da amizade. Que a

> Casa de Machado de Assis é uma Casa da Convivência. Enriquecida democraticamente pelo jogo dialético da convergência e da divergência. Viva, intensa, imune à corrosão da aura. Ao longo de mais de um século, Mobilizadora, Congregadora de gente da Cultura, gente das Letras. E o culto do verbo, em espaços que não se excluem, é que aproxima os ocupantes da Cadeira 28 para a qual fui eleito. Com a consciência, sobretudo, do que representa, comunitariamente, o raro privilégio.

Por que consideramos importantes tais palavras do nosso autor? Porque elas são muito reveladoras de sua inteligência, delicadeza, atenção para com os colegas e sobretudo da seriedade com que encarou a honra de pertencer à Casa de Machado de Assis, ele que foi o autor de um saboroso texto para teatro no qual apresenta uma versão muito pessoal da heroína Capitu (*Capitu: memórias póstumas*, 2008), inspirado na obra-prima de Machado de Assis, *Dom Casmurro*.

Sua contribuição à literatura negra ou afro-brasileira é muito grande, com obras poéticas fundamentais, evocadoras de toda a dor e as injustiças pelas quais passaram os escravizados durante o longo período em que se esteve instalada a escravidão no Brasil. Com grande sensibilidade, mas sem diminuir os abusos e a desmedida dos senhores de escravos em nosso país, o autor retraça o pungente quadro de uma das mais injustas e cruéis realidades do Brasil colônia. Figura ímpar de narrador, poeta, professor, palestrante, Domício Proença Filho deixa para a literatura e para a poesia brasileira um legado imortal. O poeta bebe "de todas as fontes", como dizia Guimarães Rosa. Alfredo Bosi, no prefácio de *O risco do jogo* (2013, p. 16), retoma essa ideia da grande versatilidade poética do autor, afirmando que "neste risco do jogo, há verdadeiros exercícios de dicção, desde ecos da antiga e sempre bela lírica trovadoresca, até a modernidade perplexa de Fernando Pessoa, presença forte que atravessa o livro inteiro."

REFERÊNCIAS

Antologia poética da Academia Brasileira de Letras. Editora Câmara; Linha editorial Cidadania, 2020. Somente digital. Disponível em: <D:/Users/Zila/Downloads/antologia_po%C3%A9tica_academia_Lucchesi%20(2). pdf>.

BECHARA, Evanildo. *Discurso de recepção à Academia Brasileira de Letras*. Disponível em: <https://www.academia.org.br/aca>. Acesso em: 11 dez. 2023.

PROENÇA FILHO, Domício. Discurso de posse na ABL em 2016. Disponível em: <https://www.academia.org.br/academicos/domicio-proenca-filho/discurso-de-posse>. Acesso em: 11 dez. 2023.

PROENÇA FILHO, Domício. *O risco do jogo*. Prefácio de Alfredo Bosi. São Paulo: Prumo, 2013.

AUTORIA DO VERBETE

Zilá Bernd

MARIA HELENA VARGAS DA SILVEIRA

Fonte: PUC- RS Cultura

Viagem

In: Meu nome pessoa, 1989

Jamais pensei sair nesta viagem,
Nesta viagem de mim.
Digo adeus ao que fui.
Digo adeus aos planos meus.
Digo adeus a mim mesma.
Jamais pensei sair nesta viagem,
Nesta viagem de mim.
Assim como quem vai sem porto.
Assim como quem vai sem gosto.
Assim como quem vai e quer voltar.
Jamais pensei sair nesta viagem,
Nesta viagem de mim.
Mas eis que é hora,
Preciso sair.
Preciso viajar.
A gente sai pra poder regressar.
Jamais pensei sair nesta viagem,
Nesta viagem de mim,
Pra poder me encontrar.

Encontro comum

In: Meu nome pessoa, 1989

Mulher só, na sala, fala.
Mulher só, na varanda, manda.
Mulher só, na rua, anda.
Vai em frente,
Avança.
Grita.
Agita.
Busca.
Luta.
Corre.
Disputa.
Dispara.
E para.
Para um pouco.
No trajeto louco.
Para um tempo
No seu contratempo.
Acha um meio
Para o devaneio.
Para a alma,
Para numa calma.
Para a viagem,
Repara a paisagem.
Encontra um nó...
Mulher só.

Plim, plim

In: Meu nome pessoa, 1989

Plim, Plim
Quem se veste bem
O mundo trata melhor
Us top! Stop! Stop!
Ele não quer o pior
Fresch! Fresch!
Que vergonha
Não tem batavo na sua geladeira?
Plim! Plim! Aldeia brasileira
Falta café na sua prateleira?
Plim, Plim! Fome nacional
Tudo pelo social
Ah, meu brasileiro,
Que loucura!
Censura! Censura
Us Stop! Stop

Prece do negro ao professor de qualquer cor

In: Meu nome pessoa, 1989

Tenho os sentidos perfeitos.
Sou vida em ebulição.
Sou humano, tenho defeitos.
Como qualquer cidadão.
Sinto angústia, tenho medo.
Sou afeto e compreensão.
Deito tarde, acordo cedo.
Quero ter direito ao pão.
Sou pessoa, estou na luta
No campo e na cidade.
O importante na disputa
É não perder a identidade.

Sou mutilado de outrora,
Sem heranças materiais.
Que posso fazer agora?
Seguir junto com os demais?
Seguir? Como é que se anda?
Me pergunto e me respondo,
Pois a consciência manda
Que na trilha vá me pondo.
É um caminho sufocante
Rodeado de rejeição.
Devo estar sempre atuante,
Apostando na união.
Só os pretos de mãos dadas
Conseguem atravessar
Os caminhos desta vida
Com pedras a machucar.

As mãos dadas são efeitos
Da não alienação,
Do gritar pelos direitos,
Não vivendo a escravidão.
A travessia é jornada.
E o nosso cotidiano,
De raça discriminada
Em momentos sub-humanos.
Os caminhos desta vida
São os fatos, são os anos,
São as horas mal vividas
Que a história cobre com panos.

As pedras que nos machucam
Vêm por trás, são atiradas.
Por favor, educador!
Conscientiza teus alunos
Que as pedras machucam,
Não importa a direção.
E não ignora a pedrada
Porque ela existe,
Porque persiste.
E precisa,
E necessita
Ser trabalhada.

Maloca

In: Meu nome pessoa, 1989

Maloca, pingente de morro
Te recordo muito
Me davas prazer
E na saudade
Do teu chão batido
Meu passo atrevido
Tempo vai correr

Tua janela, meia folha aberta
Em mim desperta
A sensação de ver,
No aconchego da simplicidade
A simplicidade do viver

Viver intensamente a liberdade
Pés no chão, água na bica
Céu espiando, no zinco furado
Natureza, canção e lealdade
Tua porta aberta me fazia rica
Não é à toa que a saudade fica

MARIA HELENA VARGAS DA SILVEIRA

BIOGRAFIA

Maria Helena Vargas da Silveira nasceu em 1940 em uma família negra, na cidade de Pelotas, no Rio Grande do Sul. Filha de uma costureira e de um motorista, era neta de um dos articulistas do jornal *A Alvorada*, o cronista e poeta Armando Vargas. Formou-se no Curso Normal, no Instituto Estadual de Educação Assis Brasil, no ano de 1960, iniciando sua formação para a docência com habilitação para o Magistério (atualmente, Ensino Médio). Logo, deu início à formação em nível superior no curso de Pedagogia na Universidade Católica de Pelotas, lecionando nas cidades de São Lourenço e Jaguarão. Transferiu-se para Porto Alegre e passou a estudar na Faculdade de Educação da Universidade Federal do Rio Grande do Sul.

Pedagoga formada, leciona como professora e supervisora na rede estadual de ensino do Rio Grande do Sul. Sua atuação como professora foi além da sala de aula, atuando em grupos sociais, comunidades periféricas e também em comunidades quilombolas, como o Quilombo Areal da Baronesa, localizado na cidade de Porto Alegre. Participou de grupos de danças, coletivos de escritores. Foi a primeira pedagoga do hipermercado Carrefour, em Porto Alegre, desenvolvendo atividades com os adolescentes trabalhadores, criando um jornal no estabelecimento chamado *Pacotinho*. Maria Helena publicou nove de seus livros de forma independente. Nos anos 2000, transferiu-se para Brasília, onde atuou no Ministério da Educação – Secadi, passando a usar o nome Helena do Sul, assumindo sua identidade de mulher negra gaúcha. Maria Helena faleceu em janeiro de 2009, vítima de um aneurisma. São herdeiros de sua obra os filhos Shaiane Vargas da Silveira e Eder Vargas da Silveira.

BIBLIOGRAFIA DA AUTORA

Obra individual

É fogo!. Porto Alegre: Grupo Editorial Rainha Ginga, 1987.

Meu nome pessoa – Três momentos de poesia. Porto Alegre: Grupo Editorial Rainha Ginga, 1989.

O sol de fevereiro. Porto Alegre: Grupo Editorial Rainha Ginga, 1991.

Odara – Fantasia e realidade. Porto Alegre: Grupo Editorial Rainha Ginga, 1993.

Negrada. Porto Alegre: Grupo Editorial Rainha Ginga, 1994.

Tipuana. Porto Alegre: Grupo Editorial Rainha Ginga, 1997.

O Encontro. Porto Alegre: Grupo Editorial Rainha Ginga, 2000.

As filhas das lavadeiras. Porto Alegre: Grupo Cultural Rainha Ginga, 2002.

Participações em antologias

O Bacião e Jacuba. Nós, os afro-gaúchos (vários autores). Porto Alegre: Editora da UFRGS, s/d.

Uma visão do mundo negro hoje (vários autores). Porto Alegre: Câmara Legislativa de Porto Alegre, s/d.

A lágrima (poema). *Roda de Poesia* (vários autores). Porto Alegre: Editorial Grupo Semba, s/d.

Literatura e afrodescendência no Brasil: antologia crítica. V. 2 - Consolidação. Organização de Eduardo de Assis Duarte. Belo Horizonte: Editora UFMG, 2011.

▷ REFERÊNCIAS

▷ *Meu nome pessoa* – Três momentos de poesia. Porto Alegre: Grupo Editorial Rainha Ginga, 1989.

O sol de fevereiro. Porto Alegre: Grupo Editorial Rainha Ginga, 1991.

<http://www.letras.ufmg.br/literafro/autoras/323-maria-helena-vargas-m-helena-vargas-da-silveira>. Acessado em: 8 out. 2023.

<https://www.ufrgs.br/helenadosul/verbete/>. Acessado em: 8 out. 2023.

COMENTÁRIO CRÍTICO

A literatura de Maria Helena é diversa, inclui contos, poemas e novelas. É uma autora que circulou por muitos espaços em busca de expandir sua escrita e também conhecer mais autores negros que escrevessem sobre o que ela também escrevia. A classificação de "literatura marginal" lhe foi atribuída quando mostrou seu primeiro livro, *É fogo!*, a um gerente de livraria/editora, que se recusou a ler "esse tipo de literatura" e apenas olhou a capa de seu livro, que traz o perfil de uma mulher negra. A partir disso, ela mesma deu nome ao que escrevia.

A experiência docente é a principal fonte de inspiração para seus escritos: alunos e alunas, professoras e professores, mães, pais e a comunidade em geral, o ambiente escolar é rico em todos os aspectos. É uma representação da sociedade em que vivemos. Essa experiência impulsionou a formação de sua identidade enquanto mulher negra oriunda de um grupo social com poucos acessos econômicos. Isso foi preponderante para que a então professora surgisse no mundo da escrita literária e, através de suas publicações, trouxesse para o grande público histórias que podem ser de um indivíduo, mas que são coletivas também. No seu único livro de poesia, *Meu nome pessoa – Três momentos de poesia*, essas referências aparecem divididas: *no aprendizado, no despertar* e *no cenário*. Em cada um desses momentos traz poemas sobre a mulher negra, o filho negro, o estudante, a professora e sobre suas lembranças de infância, na cidade de Pelotas. Helena do Sul, sua escolha para se identificar como mulher negra gaúcha que morava em Brasília, foi uma escritora dos seus. Como escreveu no seu livro de contos *O sol de fevereiro:* "Meus contos? Jamais tomarei posse do resgate dos companheiros". Assim, a escrevivência também pode ser identificada na escrita dessa mulher negra gaúcha.

REFERÊNCIAS

LITERAFRO. O portal da literatura afro-brasileira. Maria Helena Vargas da *Silveira*. 17 nov. 2021. Disponível em: <http://

www.letras.ufmg.br/literafro/autoras/323-maria-helena-vargas-m--helena-vargas-da-silveira>. Acesso em: 3 abr. 2024.

MACHADO, Sátira Pereira. *et al.* Mulher afro-gaúcha: negritude à flor da pele. *In:* PAIVA, Sérgio Rosa de. *Mulheres do Rio Grande do Sul*: diversidade. Porto Alegre: SFERASRP; Editora de Artes, 2006.

TONIAL, Cristina Gamino Gomes. *Narrativas autobiográficas de Maria Helena Vargas da Silveira no livro É* fogo!: docência, representações de gênero e raça e pedagogias culturais. Dissertação de Mestrado. Programa de Pós-Graduação em Educação, Universidade Luterana do Brasil, Canoas, 2019.

AUTORIA DO VERBETE

Cristina Gamino Gomes Tonial

MIRIAM ALVES

Fonte: Estado de Minas

Disposição

In: Poemas reunidos, 2022

Ainda estou disposto a rever meu rosto
Assim
Negro
Com a história que o contém
Com a história que o representa
Assim
Ainda estou disposto
A rever meu rosto
Na página da história
Que o camufla
E
Esconde
Dentro de páginas brancas
Dos livros
Livros que instruem meus
Filhos
Negros
Ainda estou disposto a rever meu rosto
Assim
Na verdade de quem veio e
De quem ficou na
África que não conheci
Ainda estou disposto a
Rever meu rosto de vez
Saber muito mais de mim

Memória

In: Poemas reunidos, 2022

Bate à porta
Resvala batente
Invade janelas
Bate persiana
Desperta o que dorme
E range de raiva os dentes

Bala perdida

In: Poemas reunidos, 2022

A bala é sempre perdida
Dizem, sempre dizem: "A bala é perdida"
Dizem "Sem intenção de matar"
Mas eu morro sempre
No morro, nas ruas, nas avenidas
Mas renasço em arrogância
Sorrisos e atitudes
Para nunca mais morrer.

Genegro

In: Poemas reunidos, 2022

A partir do poema “Quem tá gemendo”, de Solano Trindade.

Gemido de negro
Não é poema
e revolta
é xingamento
É abismar-se
Gemido de negro
é pedrada na fonte de
quem espia e ri
É pau de guatambu no
lombo de quem mandou
dar
Gemido de negro
É acampamento de sem-
terra no cerrado
É punho que se fecha em
black power
Gemido de negro
é insulto
é palavrão ecoado na
senzala
É o motim a morte do
capitão
Gemido de negro
é a (re)volta da nau para
o Nilo
Gemido de negro...
Quem tá gemendo?

Mar

In: Poemas reunidos, 2022

Nos porões fétidos da
História
Comi podridões. Endoideci.
Adoeci.
Atiraram-me no mar do
Esquecimento
Agarrei-me às âncoras passadas-
Presentes
Cavalguei as ondas
Desemboquei
Rumo vida.

Dia 13 de Maio

In: Poemas reunidos, 2022

As bocas vociferam
ajoelham-se perante o
Deus Alvo
mãos cúmplices agradecem
falsas liberdades

EU:
aguço os meus dentes de
revolta.

EU:
lambo as cicatrizes
expostas.

EU:
salivo resistências entrincheiradas.

EU:
afio minha mente na pedra
mó da desforra.

EU:
arranco as cortinas gázeas
dos olhos.

EU:
num só fôlego qual dragão
destilo enxofre.

NÓS
imantamos na força férrea
de Ogum

NÓS
untamos de sangue as estátuas
do 13 de maio

NÓS
ficamos de luto empunhando
espada guerreira

NÓS
Curamos da branca-doença-
da vergonha.

MIRIAM ALVES
BIOGRAFIA

Miriam Alves nasceu em São Paulo, em 1952. Trata-se de um nome destacado no panorama da literatura afro-brasileira, tendo integrado o Grupo Quilombhoje, no qual suas obras estiveram presentes em praticamente todos os *Cadernos Negros*, que tiveram início em 1978. Entre seus livros estão os de poesia *Momentos de busca* (1983) e *Estrelas no dedo* (1985); os romances *Bará: na trilha do vento* (2015) e *Mareia* (2019). Participou ainda das coletâneas de contos *Mulher mat(r)iz* (2011) e *Juntar pedaços* (2021). É poeta, escritora, assistente social e professora.

Miriam Alves é muito ativa, como se pode avaliar pela pequena amostragem que colocamos de sua produção intelectual, uma vez que seria praticamente impossível listarmos todo o conjunto. Ela animou de maneira substancial a produção dos *Cadernos Negros*, que muito contribuíram para a divulgação da poesia afro-brasileira. Além da escritura, a autora ministra cursos no Brasil e no exterior, participa de debates, palestras e eventos acadêmicos, sempre tendo como foco de interesse a produção feminina e negra. Ela é, certamente, uma das mais ativas autoras a animar a cena literária afro-brasileira, para além de sua luta pelos direitos humanos e por seu combate ininterrupto ao racismo, tema ao qual ela se dedica desde a juventude e que segue presente em suas obras atuais.

BIBLIOGRAFIA DA AUTORA

Poemas: publicações individuais

Poemas reunidos. São Paulo: Fósforo, 2022.

Participou da coletânea *Cadernos Negros*, tendo integrado os números 5 (de 1982), 7, 13, 17, 18, 20, 21, 22, 23, 24, 25, 26, 29, 30, 33, 24, e 40 (de 2017).

Participou de inúmeras antologias internacionais. Citamos algumas:

Poesia negra brasileira: antologia. Organização Zilá Bernd. Porto Alegre: AGE; IEL; IGEL, 1992.

Schwarze poesie – Poesia negra. Organização Moema Parente Augel. St Gallen/Köln/São Paulo: Edition diá, 1988. (Edição bilíngue)

Ad libitum Sammlung Zerxtreuung, n. 17, Berlin; Volk und welt, 1992.

Schwarse prosa/Prosa negra. Organização Moema Parente Augel. Berlim/São Paulo: Edition diá, 1993.

Zauber gegen die ka"lte (Herausgegeben Von Deustcheb Welthugerhife). Bonndortmund germany, dw shop. Antologia, 1994.

Nueva poesia latinamerikaniche, Literatumagazin, Herausgegeben von Tobias burgghardt, Martin Lüdke und Delf schnidt Gemany Rowoht, n. 38, 1996.

Moving beyond boundaries. Organização Carole Boyce Davies. London: Pluto Press, 1995.

Quilombo: Cartografía/Autoría negra/Brasil. Organização de Lucía Tennina. Buenos Aires: Tinta Limón, 2019.

COMENTÁRIO CRÍTICO

Iniciamos com o comentário de Heleine Souza:

> Miriam Alves constrói uma poética dos ventos que, no ritmo do Ilú de Oyá, reordena a memória e a história, abrindo no horizonte amanheceres, novas possibilidades de futuro para aqueles cujo destino, neste país, é desaparecer. (SOUZA, 2022, p. 30)

Percorrendo a internet e o *site* de Miriam Alves, percebe-se que se trata de uma ativista, de uma incansável batalhadora pelos direitos humanos e uma poeta de enorme produtividade, participando ativamente de eventos, publicando em livros, periódicos e se apresentando sempre que a causa negra estiver em questão.

Participou de um sem-número de antologias, em quase todas as edições dos *Cadernos Negros*, assim como em obras de não ficção. Percebe-se em seus poemas que seu afã em desconstruir o preconceito e a discriminação está presente em todos os seus atos, ao longo de toda a sua existência. Utiliza as mais variadas formas de protesto, as quais se encontram disseminadas em seus livros coletivos ou individuais: "O engajamento e a luta dos produtores de literatura negra, de forma geral, não são inseridos teoricamente nas histórias de lutas negras contra a discriminação racial" (ALVES, 2011, p. 51).

Assim como Cuti, com o qual participou de muitas atividades em prol da divulgação da literatura afro-brasileira, Miriam Alves marcou sua carreira por uma fidelidade constante à defesa da causa negra e ao combate a todas as formas de racismo. Seus protestos partem desde a cruel realidade que foi o tráfico negreiro, que perdurou no Brasil mais do que em qualquer outro país da América, ao diálogo poético que estabelece com nomes inesquecíveis da poesia negra, como Solano Trindade, a quem rende tributo com seus poemas, passando pela ironia ao 13 de Maio, que nos é apresentado como dia da "libertação dos escravos". Seu eu enunciador se transforma em **nós** para declarar que "nós negros temos que nos curar da branca doença da vergonha".

A grande importância que se pode atribuir a seu trabalho de escritora, poeta e ativista é o de nunca ter negligenciado, em suas obras, a importância da memória, que está aí "para despertar o que dorme". Trata-se de uma autora que tem a noção da importância de preservar o imenso acervo memorial da cultura negra para fazer dele matéria poética e também bandeira de luta. *Poemas reunidos*, publicado em 2022, pela editora Fósforo, comprova seu trabalho incessante em "reordenar a memória e a história" para, a partir desse imenso legado da cultura afro-brasileira, exercer o trabalho da transmissão memorial às novas gerações.

REFERÊNCIAS

ALVES, Miriam. *Poemas reunidos*. São Paulo: Fósforo, 2022. (E-book).

ALVES, Miriam. *Brasilafro Autorrevelado*. São Paulo: Nandyala, 2011.

LITERAFRO. O portal da literatura afro-brasileira. *Miriam Alves*. 12 jul. 2022. Disponível em <http://www.letras.ufmg.br/literafro/autoras/348-miriam-alves> acesso em 11 dez. 2023.

AUTORIA DO VERBETE

Zilá Bernd

ESMERALDA RIBEIRO

Fonte: Luiz Carlos Pereira.

Quero respirar

In: Cadernos Negros, v. 43, 2020

Há tempos que não sangro
entre as pernas
há tempos que o leite
do peito secou

Há tempos
meu coração sangra
pelas vidas interrompidas
pelas balas perdidas
que encontram corpos negros
de todas as idades

Já não basta nos silenciar
também nos sufocam
preciso respirar
quero respirar

Há tempos meu coração
sangra
em solidariedade
às mães unidas pela dor
e às tantas outras mães
cujos filhos, sem combinarem
se transformaram em vidas-estrelas
olhares infinitos para a saudade

Há tempos meu coração sangra
preciso respirar
quero respirar

Ensinamentos

In: Ruído Manifesto, 2022

Ser invisível quando não se quer ser
é ser mágico nato.

Não se ensina, não se pratica, mas se aprende.
No primeiro dia de aula aprende-se
que é uma ciência exata.

O invisível exercita o ser "zero à esquerda"
o invisível não exercita a cidadania.
As aulas de emprego, casa e comida
são excluídas do currículo da vida.

Ser invisível quando não se quer ser
é ser um fantasma que não assusta ninguém.
Quando se é invisível sem querer
ninguém conta até dez
ninguém tapa ou fecha os olhos
a brincadeira agora é outra
os outros brincam de não nos ver.

Saiba que nos tornamos invisíveis
sem truques, sem mágicas.
Ser invisível é uma ciência exata.
Mas o invisível é visto no mundo financeiro
é visto para apanhar da polícia
é visto na época das eleições
é visto para acertar as contas com o Leão
para pagar prestações e mais prestações.

É tanto zero à esquerda que o invisível
na levada da vida soma-se
a outros tantos zeros à esquerda
para assim construir-se humano.

Jogo da vida

In: Cadernos Negros, v. 43, 2020

A vida não é fácil
é imprevisível como ganhar na Lotofácil
infinitas possibilidades
apostamos, mas quanta contrariedade!

Na *Quina* e nas esquinas
Confundem mas não estão diante
De uma mulher fácil.

Na Mega-Sena da vida
sou negra
sou negra
sou negona, mas...
só quem pode me chamar assim
são meus parças
da cidade e da quebrada
só minhas manas.

No *Bingo*
não brinco
lá misturam *surpresinhas* e *teimosinhas*
são *dezenas* de esquecidos, são *dezenas* de invisíveis
trancados em quase porões
os sempre suspeitos ganham de prêmio
esquizofrênicas leis
não há como colher flores de flamingo.

Na *Loteria Esportiva*
escolho a coluna do sucesso e da felicidade
como na vida fazemos escolhas
de olho no futuro

marco a coluna da esquerda
a coluna do meio é meio poder
e outros desejos
dá medo
tem coluna ultradireita
dentro de corpos pretos desenterrados do passado
são quase capitães do mato
continuam a serviço da Casa-Grande
agora vão a restaurantes e cafeterias
de nome estrangeiro
usam novos requintes de crueldade
objetos modernos: caneta, celular
computador, *laptop*
para destruírem, nossa vida quilombola
devemos colocar os quase capitães-do-mato
de volta na máquina do tempo.

No jogo da vida em poesia
não dá pra comer pipoca no sofá
não há ganhadores
não há perdedores
só vidas bem vividas
sem hipocrisia.

ESMERALDA RIBEIRO

BIOGRAFIA

Nascida em 1958, Esmeralda Ribeiro ocupa um lugar de grande importância na literatura afro-brasileira. Ao lado de Miriam Alves, Cuti e Márcio Barbosa, é umas das mais antigas colaboradoras dos *Cadernos Negros*, tendo sido, ao lado de Márcio Barbosa, a editora do volume 43 (2020), o mais expressivo em número de páginas, 486, incluindo poemas de 65 poetas. Esmeralda participou desde os primeiros números dos *Cadernos Negros*, tendo poemas incluídos em 39 das 45 edições desse importante veículo de divulgação da poesia afro-brasileira.

Os *Cadernos Negros* são editados desde seu início, em 1982, pelo grupo Quilombhoje, do qual Esmeralda faz parte. Seu papel no grupo e nos *Cadernos* sempre foi o de ressaltar a figura da mulher negra e suas experiências na sociedade brasileira. Nascida no estado de São Paulo, tendo sido vítima de racismo, para além das discriminações de gênero, ela segue como uma das mais produtivas poetas da literatura afro-brasileira.

Na apresentação do volume 43 dos *Cadernos*, Esmeralda Ribeiro e Márcio Barbosa escrevem que o movimento negro, que começou com protestos, foi se transformando "em um grito que permanecerá ecoando por muito tempo: 'Vidas negras importam'" (2020, p. 15). Nessa apresentação, eles falam da alegria de terem recebido, para a publicação, textos de 65 escritores e escritoras de todo o país, evidenciando um considerável aumento da produção poética afrodescendente se lembrarmos que o volume, de 1978, contou com apenas 51 páginas e com a participação de tão somente 8 escritores(as). Entre esses primeiros, estão alguns que se tornaram muito conhecidos, produzindo até os dias de hoje, como Oswaldo de Camargo, Jamu Minka, Eduardo de Oliveira e Cuti.

Apaixonada pela literatura, Esmeralda escreve contos, é jornalista, poeta e acredita na força da poesia para combater o preconceito e a discriminação, visto que "a poesia negra vem com a força de um quilombo" (*Cadernos Negros*, v. 43, 2020, p. 17). Faz parte do coletivo de escritoras negras Flores de Baobá, que surge em 15 de dezembro de 2018, reunindo várias autoras que assim se definem: "trata-se de um grupo fechado, que cultiva não apenas as escrevivências de cada uma e coletivas, como também o cuidado e zelo pela vida de cada uma das suas participantes, em parceria de escrita-vida, em laços fortes e complexos, como é a vida e a vida de mulheres pretas" (@floresdebaobaescritoras).

BIBLIOGRAFIA DA AUTORA

Autoria individual

Malungos e milongas. São Paulo: Edição da autora, 1988. (Contos)

Orukomi – Meu nome. Ilustrações de Edmilson Quirino dos Reis. São Paulo: Quilombhoje, 2007.

Antologia de poesia afro-brasileira: 150 anos de consciência negra no Brasil. Org. Zilá Bernd. Belo Horizonte: Mazza Edições, 2011.

Participação com poemas nos *Cadernos Negros* do n. 5 ao número 43 (com exceção do n. 6), ou seja, de 1982 a 2020.

No exterior

The afro-brasilian mind: Contemporary Afro-Brasilian Literary and Cultural Criticism. Coorganização com Niyi Afolabi e Márcio Barbosa. Trenton-NJ; Asmara-Eritrea: Africa World Press, 2007.

Cadernos Negros – Black Notebooks: Contemporary Afro-Brasilian Literary Movement. Coorganização com Niyi Afolabi e Márcio Barbosa. Trenton-NJ; Asmara-Eritrea: Africa World Press, 2007.

Moving beyond boundaries. International Dimension of Black Women's Writing. Edited by Carole Boyce Davies and Molara Ogundipe-Leslie. London: Pluto Press, 1995.

Finally Us. Contemporary Black Brazilian Women Writers. Edited by Mirian Alves and Carolyn R. Durham, edição bilíngue português/inglês. Colorado: Three Continet Press, 1995.

Fourteen Female Voices from Brazil: Interviews and Works. Edited by Elzbieta Szoka. Austin: Texas: Host Publications, Inc., 2002. p. 238-244.

Women righting – Afro-Brazilian Women's Short Fiction. Edited by Miriam Alves e Maria Helena Lima. Bilingual edition. London: Mango Publishing, 2005.

Quilombo: Cartografía/Autoría negra/Brasil. Organização de Lucía Tennina. Buenos Aires: Tinta Limón, 2019.

COMENTÁRIO CRÍTICO

Temos que admitir que a obra de Esmeralda Ribeiro é ímpar, por sua continuidade e quantidade de publicações ao longo de quarenta anos, iniciada nos *Cadernos Negros* n. 5, ou seja, de 1982 a 2022. Só isso já faz dela uma figura de exceção e de excelência na história da literatura afro-brasileira. Para além de sua participação como poeta, ela vem atuando como editora, ao lado de Márcio Barbosa. Trata-se de uma poeta que tem a convicção do poder – da poesia em particular e da literatura em geral – de mudar as coisas, de derrotar o preconceito e de alavancar a visibilidade do movimento negro no Brasil.

É notável sua atividade ininterrupta na defesa da causa negra e de sua visibilidade através da literatura. Se compararmos a situação da literatura negra ou afro-brasileira nos anos 1980 com as atuais condições, veremos que ela foi um instrumento eficaz na luta contra o preconceito e na visibilidade positiva dos negros no Brasil.

Mulher negra de grande energia, simpatia e talento, fez um verdadeiro trabalho de formiguinha, publicando nos *Cadernos Negros*, em suas primeiras edições que contavam tão somente com a contribuição financeira dos próprios autores.

Quem, como eu, acompanhou o caminho da poesia negra brasileira nos *Cadernos Negros*, desde seu início nos anos 1980 até hoje, e viu passar de 10 ou 12 autores por volume para os 70 autores do volume 43, de 2020, mal pode acreditar na força da palavra poética na construção, a partir do quase nada, de uma Literatura negra com L maiúsculo e na imensa contribuição dada no sentido de agregar visibilidade positiva à comunidade negra. Recontaram sua história, desde a senzala até hoje, protestaram contra injustiças e discriminações, mas, sobretudo, trabalharam a palavra poética, aperfeiçoando-a a cada novo número dos *Cadernos Negros*, alcançando o refinamento e a excelência literária e artística.

Salve, Esmeralda, mulher negra, poeta, jornalista, escritora, editora que conserva quarenta anos depois do início dessa já longa caminhada a delicadeza e a confiança no poder do verbo.

REFERÊNCIAS

Especial Flores de Baobá: cinco poemas de Esmeralda Ribeiro. *Ruído Manifesto*. 22 de setembro de 1922. Disponível em: <ruidomanifesto.org/especial-flores-de-baoba-cinco-poemas-de-esmeralda-ribeiro>. Acesso em: 26 jan. 2024.

LITERAFRO. O portal da literatura afro-brasileira. *Esmeralda Ribeiro*. 17 nov. 2021. Disponível em: < http://www.letras.ufmg.br/literafro/autoras/244-esmeralda-ribeiro>. Acesso em: 26 jan. 2024.

RIBEIRO, Esmeralda. Quero respirar. *In*: RIBEIRO, E.; BARBOSA, Márcio. *Cadernos Negros*, v. 43. São Paulo: Quilombhoje, 2020. p. 158-159.

AUTORIA DO VERBETE

Zilá Bernd

RONALD AUGUSTO

Fonte: João Urban.

In: À Ipásia que o espera, 2016

a insônia e uma fenda de sonidos
tomam todos os meus sentidos
na folha límpida do bloco de anotações
escrevo às escuras

tento a um tempo
não desbordar das margens
onde o papel foi talhado e
fazer o precário poema dizer
que seu corpo essa nudez de âmbar
se mistura à penumbra do quarto
inundado pela madrugada quente
muda de toda luz

iansã-bodhisatwa do meu prazer
a carnação do seu sono (plano
) em decúbito lateral
por pouco não se destaca
do fundo branco (
contraplano) do lençol

In: Subir ao mural, 2017

o poeta que canta "a mulher isso a mulher
aquilo
eu deveria dizer o homem que goza do
privilégio
de cantar "a mulher isso a mulher aquilo"

esse mesmo que, preclaro em sua condição de
lobo lobo, se autoproclama
um degustador e entusiasta do vinho fino do
corpo feminino
como se o conhecera como a palma de sua
mão de punheteiro

aquele mesmo cujas metáforas
gineco-anacreônticas
substituem por rebaixamento "a mulher isso a
mulher aquilo"
que ele imagina cantar como ninguém, comer
como ninguém
---

o decrépito que faz publicidade "a mulher
isso a mulher aquilo" desses corpos
esse um uma espécie de cafetão e mentor do
estupro endulcorado
essa coisa que as minas já calculam de longe
a merda que vai dar

tão logo o traste trasteje "a mulher isso a
mulher aquilo"
toada de toureiro calvo e renitente cuja arte
perdeu o sentido

para muitas e para outros exceto para ele
mesmo

abandona o canto a esse corpo que não te
pertence
o erotismo do trocadilho, o estilo vinicius, a
saliva
essa coisa toda que até agora só tem dado
merda

dois do dois: olomí

In: Entre uma praia e outra, 2018

mar em festa as gentes
infestando as águas da mãe grande
o sentamento das coxas encimadas
por quadris de contrabaixo o velido
vestido com vida própria que se
sustenta nas próprias barras
longo-cerúleo
a escorrer do colo até os tornozelos
lambendo rente suas curvas
untuosas sempre recomeçadas
deambula senhora dona sobre escuma de flores
deslinda-se lisa
bailadora de melífluo pensamento
fleuma de chama branca
pétalas verdes um pé após outro
olho alongado apenas para o que está
à altura dos seus olhos se espraia
vai-vai (esteira de aeroporto) incansável
ou como que pousada em andor
suspensa acima de dor e adoração
serena sereia sarada
avião levando a pique cópia de barcos
de brinquedo objetos do artesanato mercante
desova de coisas baratas
na praia clara
odalisca de todas as luas loas e olas
olorosa bunda barroca
suas ancas justificam o epíteto:
sacudidora da terra
sovaco nu polido como a concha
pelo lado côncavo

se homero conhecera iemanjá iorubá
talvez conformara mais doce
o mar de odisseu filho de laertes

octossílabos

In: Subir ao mural, 2017

erra em ondas meu pensamento
pelos ângulos do lugar
as paredes brancas de nada
um corte transversal, solar

as cortinas se mantêm feias
esse plissado industrial
essa cor, de ordinário, pálida
dão a tudo um quê de oficial

o rumor ar-condicionado
piso de hospício sem ranhuras
ou de laboratório clínico
quadrículo infenso à cultura

no entanto aqui a estudantada
faz o exame vestibular
cumprindo seu rito de classe
visando além ser dr. k.

poucos negros, quase nenhum,
entre os que se curvam às provas
isso parece confirmar:
não deviam passar da porta

[12 de janeiro de 2016]

RONALD AUGUSTO

BIOGRAFIA

Ronald Augusto nasceu em 1961, em Rio Grande (RS). É graduado em Filosofia, mestre em Letras e doutorando na linha de pesquisa Teoria, Crítica e Comparatismo no Programa de Pós-graduação em Letras da UFRGS, onde desenvolve pesquisa sobre o poeta sul-rio-grandense Oliveira Silveira. Professor da Educação Básica do município de Porto Alegre, poeta, letrista e ensaísta, reflete acerca da produção poética brasileira. Compartilha informes sobre poesia no blog "Poesia-pau" e é colunista do portal de *Notícias Sul21*. Organizou as duas edições da *Obra reunida* de Oliveira Silveira, publicadas pelo Instituto Estadual do Livro do Rio Grande do Sul, em 2012 e em 2022, bem como do conjunto de textos *Oliveira Silveira: breve fortuna crítico-afetiva*, publicado pelo mesmo Instituto, em 2022. Foi curador da exposição "Oliveira Silveira: poeta, negro", com visitação no Centro Cultural da UFRGS de novembro de 2023 a maio de 2024.

Além dos livros de poemas, Ronald Augusto também publicou livros de crítica literária, como *Decupagens assim* (2012), *O leitor desobediente* (2020), *Crítica parcial* (2022) e o recente *E mais não digo* (2023), uma compilação de pensamentos expostos em redes sociais que, de acordo com o crítico Guto Leite, se apresentam "ora com humor, ora sem humor, mas sempre de forma cortante" (LEITE, 2023, p. 96). Entre várias publicações internacionais, foi um dos autores selecionados para a antologia *Quilombo: Cartografía/Autoría negra/Brasil* (2019), organizada por Lucía Tennina e publicada em Buenos Aires, em 2019.

BIBLIOGRAFIA DO AUTOR

Produção poética

Homem ao rubro. Porto Alegre: Edição do Grupo Pró-texto, 1983.

Kânhamo. Porto Alegre: Edição do autor, 1987.

Puya. Porto Alegre: Edição do autor, 1987; 2. ed. Porto Alegre: Editora Biblos, 1992.

Vá de valha. Porto Alegre: Secretaria Municipal de Cultura, 1992.

Confissões aplicadas. Porto Alegre: Ameop, 2004.

No assoalho duro. Porto Alegre: Editora Éblis, 2007; 2. ed. Porto Alegre: Editora Éblis, 2010.

Cair de costas. Porto Alegre: Editora Éblis, 2012.

Empresto do visitante. São Paulo: Editora Patuá, 2013.

Nem raro nem claro. Porto Alegre: Butecanis Editora Cabocla, 2015.

À Ipásia que o espera. Ilustrações de Dadá Jacques. Salvador: Editora Ogum's Toques Negros, 2016.

Subir ao mural. Florianópolis: Editora Caseira, 2017.

Entre uma praia e outra. Porto Alegre: Artes&Ecos, 2018.

Tornaviagem. Curitiba: Kotter Editorial, 2020.

A contragosto do solo. Porto Alegre: Demônio Negro, 2020.

Participações em antologias

Antologia de poesia afro-brasileira: 150 anos de consciência negra no Brasil. Organização de Zilá Bernd. Belo Horizonte: Mazza Edições, 2011.

Literatura e afrodescendência no Brasil: antologia crítica. Organização de Eduardo de Assis Duarte. V. 3 - Contemporaneidade. Belo Horizonte: Editora UFMG, 2011.

Quilombo: Cartografía/Autoría negra/Brasil Organização de Lucía Tennina. Buenos Aires: Tinta Limón, 2019.

COMENTÁRIO CRÍTICO

Embora elaborado em um contexto estadunidense e aplicado aos corpos negros femininos, o conceito de *imagens de controle*, da intelectual Patricia Hill Collins, pode ser pensado em um contexto mais amplo: o que se espera de uma pessoa negra que escreve? Na atualidade, é possível encontrar uma ampla gama de autorias negras brasileiras que escrevem a partir de seu lugar de fala, ou seja, de uma voz negra oriunda de um corpo negro. No entanto, o que acontece quando uma pessoa negra não necessariamente escreve sobre a temática? Como se dá a recepção da obra? Essa autoria estaria "autorizada" a se apresentar como um/a escritor/a negro/a ou seria duramente criticada por não manifestar o ativismo esperado pelo público leitor? Esse parece ser o caso da recepção dos poemas de Ronald Augusto, estudioso do gênero poema em sua profundidade métrica e estética. Em variadas manifestações, o poeta afirma que o bom poema apresenta uma "deriva semântica" e, quanto mais dúvidas e percepções proporciona, melhor. Parece óbvio afirmar que a condição de ser negro vai aparecer em algum momento da produção, visto que sempre há uma experiência empírica a ser trabalhada artisticamente, mas seria essa a questão primordial em uma análise literária, em especial, de poemas? Para Ronald, ser uma pessoa negra não é irrelevante, mas secundário em uma produção artística. Tal opinião tem causado discussões importantes sobre crítica literária e, consequentemente, criado desafetos.

Em sua obra, com sugestivo título *O leitor desobediente* (aliás, a criatividade dos títulos é uma característica destacada em sua produção), o crítico traz a ideia de *transnegressão*:

> Felizmente, uma parcela pequena, porém viva, de escritores negros vem nos oferecendo, há algum tempo, outros e necessários escurecimentos. Por meio de suas obras, conseguimos vislumbrar o posicionamento mais radical ou plural da ideia de *transnegressão*. Atentos ao risco da diluição – os esclarecimentos do controle institucional da interpretação –, que acompanha como sombra os bem-intencionados defensores de uma "verdadeira" *literatura negra*; estes autores transnegressores e seus poemas vão, aos poucos, tornando cada vez mais complexa qualquer definição pretensamente consistente e acabada a respeito das linhas de força do total desta escritura. (AUGUSTO, 2019, p. 102)

Em seu entendimento, o conceito de literatura negra não está em construção, visto que essa proposta pressupõe uma finalização; prefere afirmar que se trata de uma literatura em movimento. O crítico aponta que grande parte das análises acadêmicas de obras de autorias negras foca na responsabilidade social das autorias e no "compromisso histórico do poeta como porta-voz de questões situadas aquém ou além do âmbito mesmo da invenção verbal" (AUGUSTO, 2019, p. 103), fato que acaba sendo delimitador nas análises das autorias negras.

Percebe-se, portanto, uma dificuldade de a crítica encontrar um lugar para a produção de Ronald Augusto: não compõe as análises em literatura "universal" porque é um corpo negro; não compõe as análises em literatura "negra" porque sua obra não é considerada ativista. Evidentemente, a problemática aqui não está na produção do poeta, mas, sim, na crítica literária que ainda não sabe lidar com as autorias negras que fogem às imagens de controle estipuladas para elas: "Sua condição de grande poeta negro não é reforçada nem apagada" (LEITE, 2018, p. 8). Nesse sentido, é um paradoxo que um dos mais relevantes poetas contemporâneos brasileiros possua escassas análises de sua obra. Trazemos, aqui, uma percepção do poeta Ricardo Silvestrin sobre a obra *Tornaviagem*:

> Se, no início dos anos 1980, Ronald precisava subtrair, agora ele precisa somar. É preciso se estender, fazer aparecer, dizer em alto e bom som. Mas um poeta-crítico como ele também se vale do discurso como crítica dos discursos. Assim, as falas cristalizadas da retórica racista são postas a nu em sua lógica perversa e reiterada. Os impasses das ideologias da esquerda à direita se desvelam. Os chavões da poesia, da política, do ufanismo nacionalista, todos acabam se equivalendo sob o olhar do poeta que a tudo questiona e denuncia. E, assim, os dois pontos extremos da linha horizontal, discurso e não discurso, se aproximam e se transformam mais uma vez na poesia sempre renovadora do poeta Ronald Augusto. (LERINA, 2021, s/p)

Para o jornalista Carlos André Moreira, um leitor consciencioso de poesia pode esperar algumas características como:

> rigor de linguagem; diálogo produtivo (e não apenas cosmético) com a longa tradição de uma das mais antigas formas literárias; uma identidade própria, mesmo fazendo referência ao grande arquivo literário, e, finalmente, uma espécie de assombro que é obtida da soma do conjunto mais do que das pequenas conquistas técnicas de cada parte. (MOREIRA, 2018, s/p)

O que se encontra com plenitude na produção de Ronald Augusto. Ao apresentar *Entre uma praia e outra* (2018), Moreira aponta que "Ronald Augusto é um autor que leva a sério a ideia de que a palavra não é um signo transparente que deve sair do caminho em favor do sentido". Para Oswaldo de Camargo, na orelha de *E mais não digo* (2023), Ronald é referenciado como "um inquieto e experimentalista ousado, sem trair a poesia".

REFERÊNCIAS

AUGUSTO, Ronald. Transnegressão. *In*: *O leitor desobediente*. Porto Alegre: Figura de Linguagem, 2019.

BUENO, Winnie. *Imagens de controle*: um conceito do pensamento de Patricia Hill Collins. Porto Alegre: Zouk, 2020.

LEITE, Guto. De tirar o fôlego. *In*: *E mais não digo*. AUGUSTO, Ronald. Porto Alegre: Casa Verde, 2023.

LEITE, Guto. Generosa e inflexível. *In*: *Entre uma praia e outra*. AUGUSTO, Ronald. Porto Alegre: Artes&Ecos, 2018.

LERINA, Roger. Ricardo Silvestrin visita os extremos de Ronald Augusto. *In*: *Matinal Jornalismo*. 18 fev. 2021. Disponível em: <https://www.matinaljornalismo.com.br/rogerlerina/artigos/tornaviagem-ronald-augusto/>. Acesso em: 8 fev. 2024.

LITERAFRO. O portal da literatura afro-brasileira. *Ronald Augusto*. 30 set 2021. Disponível em: <http://www.letras.ufmg.br/literafro/autores/413-ronald-augusto>. Acesso em: 6 dez. 2023.

AUTORIA DO VERBETE

Liliam Ramos

EDIMILSON
DE ALMEIDA PEREIRA

Foto: Carlos Mendonça

Fora de Arquivo – VI / O olho armado

In: maginot, O., 2015

Mãos e pés atados,
não morremos.
Não morremos
entre os lançados
ao mar.
Ainda que mortos
nos tivessem levado
ao ossário.
os braços
que faltam nos restam.
Cabeça e tronco
encurvados
: não morremos.
Detidos a esmo
: não morremos.
Com a faca no pescoço
: não morremos.
Traídos, renegados,
desfeitos em peças
: não morremos.
Escondem os nomes
de quem nos mata,
embora morram
de seu trabalho
mais que os mortos.

Gênese

In: Guelras, 2016

Nesse momento escrevem-se histórias
a sangue e fogo.
Teus ancestrais levaram esse peso
nos ombros.
Tu.
Provavelmente teus filhos.
Com ele, a vida
e a incompreensão do teu preço.
Nesse momento, um braço ergue o arame.
Um pássaro erra o domingo.
A dois passos de ti explode outra fraude.

Santo Antônio dos crioulos

In: Poesia + (antologia 1985-2019), 2019

Há palavras reais.
Inútil escrever sem elas.
A poesia entre cãs e bichos
é também palavra.
Mas o texto captura é rastro
de carros indo, sem os bois.
A poesia comparece para nomear o mundo.

O poeta da mão escassa

In: Poesia + (antologia 1985-2019), 2019

Morre com pré-aviso.
Morre com pré-aviso. Procura um porto,
talvez o de Platz, apenas de embarque.
Vai matar-se, mas esquece os livros.
Escreveu-os no embate em que a sede
vive do suicídio. O poeta da mão escassa
calculou-o como obra, sabendo que a mão
se demora nas cordas. Mas nada
é silêncio *na passagem das horas*. Morto
o poeta, seus livros perdidos são mapas.

Babel

In: O som vertebrado, 2022

o coração conectado à seriema tem as penas-rimbaud.
em pé ao rés da embaúba, atenta para a chuva
com pressa de não ler nossos poemas, seu coração não
está à mercê da sombra: agramático, tem o magma por
dispersão, não por origem. a seriema não se preocupa
com o sentido das coisas, insônia que anima linhas
de pesquisa onde vão à luta Foucault, Derrida, Greimas.
a flor de lótus lhes interessa, dizem sem luvas que é
da natura escamar-se e, como alguém que se engole,
ser nuvem-onça onde a pensavam morta.
deem crédito a quem compra sapatos, não o caminho.
o coração desmascara os sistemas – colmeia, corpo,
memória não são mais que alturas a serem escaladas.
cair é uma contenda, festa que dispensa alegria.
deem carona a si mesmos no voo que a seriema testa
aos pés da embaúba antes de estourar no espelho-lago.

EDIMILSON DE ALMEIDA PEREIRA
BIOGRAFIA

Edimilson de Almeida Pereira é professor titular da Faculdade de Letras da Universidade Federal de Juiz de Fora (MG), poeta, pesquisador de literatura e cultura afro-brasileira e ensaísta. Nascido em 18 de julho de 1963, em Juiz de Fora (MG), é graduado em Letras, possui mestrado em Ciência da Religião pela UFJF, mestrado em Literatura pela UFRJ e doutorado em Comunicação e Cultura pelo convênio UFRJ/UFJF. Tem pós-doutorado em Literatura Comparada pela Universidade de Zurique, Suíça. Em 2022, estreou na editora José Olympio com poemas dedicados a Milton Nascimento: *O som vertebrado*. Em 2021, recebeu os dois mais prestigiosos prêmios literários do Brasil: Prêmio São Paulo e Oceanos, o que pode ser considerada uma consagração nacional. Em 2020, publicou o romance *Um corpo à deriva*, pelas Edições Macondo, de Juiz de Fora.

Sua volumosa bibliografia, que conta com poesia, romance, ensaio e farta participação em obras coletivas, demonstra uma prodigiosa capacidade criadora. Vale à pena reproduzir parte do texto de Evando Nascimento para a orelha do recente livro de Edimilson sobre Milton Nascimento: "Trata-se de experiência *outra*, diferencial, de um poeta latino-americano, cuja textualidade se faz por matrizes ocidentais e não ocidentais, rompendo com os imaginários limites geográficos. [...] É uma poesia que passa incessantemente do individual ao coletivo, e vice-versa. Sobressai-se, desse modo, uma inteligência extremamente sensível, reunindo humanos, minerais, plantas e animais, por vezes numa mesma dor" (*In*: *O som vertebrado*, 2022). As obras de Edimilson de Almeida Pereira têm tido, na atualidade, uma enorme repercussão tanto da crítica quanto do público leitor. Toda a sua trajetória, iniciada com *Dormundo*, publicado em Juiz de Fora, em 1985, é hoje reconhecida, sendo Edimilson apresentado como um dos escritores contemporâneos mais renomados e prolíficos.

BIBLIOGRAFIA DO AUTOR

Poesia

Dormundo. Juiz de Fora: D'Lira, 1985.

Livro de falas. Juiz de Fora: Edição do autor, 1987.

Árvore dos Arturos & outros poemas. Juiz de Fora: D'Lira, 1988.

Corpo imprevisto & outros poemas. Juiz de Fora: D'Lira, 1989.

Ô Lapassi & outros ritmos de ouvido. Belo Horizonte: Editora UFMG, 1990.

Corpo vivido: reunião poética. Belo Horizonte: Mazza; Juiz de Fora: D'Lira, 1991.

O homem da orelha furada. Juiz de Fora: D'Lira, 1995.

Rebojo. Juiz de Fora: D'Lira, 1995.

Águas de Contendas. Curitiba: Secretaria de Estado da Cultura, 1998.

A roda do mundo. Coautoria de Ricardo Aleixo. Belo Horizonte: Mazza Edições, 1996.

Zeosório blues: obra poética 1. Belo Horizonte: Mazza Edições, 2002.

Lugares ares: obra poética 2. Belo Horizonte: Mazza Edições, 2003.

Casa da palavra: obra poética 3. Belo Horizonte: Mazza Edições, 2003.

As coisas arcas: obra poética 4. Belo Horizonte: Mazza Edições, 2003.

Signo Cimarrón. Belo Horizonte: Mazza Edições, 2005.

Homeless. Belo Horizonte: Mazza Edições, 2010.

Maginot, o. Belo Horizonte: Mazza Edições; Sans Chapeau, 2015.

Relva. Belo Horizonte: Mazza Edições; Sans Chapeau, 2015.

Guelras. Belo Horizonte: Mazza Edições; Sans Chapeau, 2016.

Quasi segundo caderno. São Paulo: Editora 34, 2017.

Caderno de retorno. 2. ed. Salvador: Ogum's Toques Negros, 2017.

Poemas para ler com palmas. Belo Horizonte: Mazza Edições, 2017.

Poesia + (antologia 1985-2019). São Paulo: Editora 34, 2019.

O som vertebrado (em homenagem a Milton Nascimento). Rio de Janeiro: José Olympio, 2022.

Antologia

Quilombo: Cartografía/Autoría negra/Brasil. Organização de Lucía Tennina. Buenos Aires: Tinta Limón, 2019.

COMENTÁRIO CRÍTICO

Edimilson de Almeida Pereira é poeta, ensaísta, romancista e professor universitário da área de Letras. Vem produzindo intensamente obras cada vez mais elaboradas. Sua poesia não é facilmente assimilável: muitas vezes beira o *nonsense*, ou melhor, cria pontes entre o *nonsense* e o surrealismo. Evando Nascimento afirma: "Na vertiginosa reverberação imagético-conceitual, o nomear se aproxima do *nonsense*, levando a língua a seu limite 'agramático' para semear sentidos inéditos" (*O som vertebrado*, 2022). Essa característica de apelo ao *nonsense*, que seria uma forma particular de humor, que desafia as regras da lógica em benefício do onírico, do sensível e do poético, criando sentidos inéditos, fica mais evidente em suas últimas produções poéticas. Essa nova proposta poética do autor, que subverte a gramática tradicional, está na origem da expressão "agramático", ou seja, que exorbita as regras gramaticais em processo de recriação da linguagem, originando nuances inéditas em seu fazer poético. Para ler Edimilson de Almeida Pereira, temos que fazer como a seriema que "não se preocupa com o sentido das coisas" (*O som vertebrado*, p. 161).

Com Prisca Agustoni, sua esposa, publica obras poéticas de grande originalidade em língua portuguesa e italiana. Sua poesia amadureceu nos últimos anos, alcançando patamares que revelam talento, sensibilidade e um profundo desejo de desvendar as raízes da oralidade e a essência da cultura afro-diaspórica.

Na edição da *Antologia de poesia afro-brasileira*, 2011, ele já fazia parte do elenco e escrevemos: "Sua poesia é inovadora, retratando os tempos passado e presente de forma única, destacando as mudanças ocorridas na sociedade brasileira. Renova a linguagem e instaura elementos de poética de vanguarda, com preocupações filosóficas e transcendentais". Se essas palavras foram válidas à época, hoje, podemos afirmar, sem medo de errar, que sua obra vem ganhando cada vez mais corpo e importância no âmbito não apenas da poesia afro-brasileira como também da poesia brasileira como um todo.

Com a pesquisadora Nubia Pereira de Magalhães Gomes, publicou o livro *A flor do não esquecimento* (2002), sobre cultura popular e processos de transformação. Sua preocupação com a cultura popular brasileira, com ênfase para seu estado natal, Minas Gerais, serviu também de matéria poética para a criação de parte de sua produção como ensaísta e poeta.

REFERÊNCIAS

BERND, Z. (Org). *Antologia de poesia afro-brasileira*. Belo Horizonte: Mazza Edições, 2011.

Nonsense. *In: Dictionnaire de critique littéraire*. Paris: Armand-Colin, 1996. p. 135.

LITERAFRO. O portal da literatura afro-brasileira. *Edimilson de Almeida Pereira*. 16 dez. 2021. Disponível em: <http://www.letras.ufmg.br/literafro/autores/225-edimilson-de-almeida-pereira>. Acesso em: 11 dez. 2023.

MARUCCI, Isabella P.; GIROLDO, Ramiro. *Salvador Dalí no País das Maravilhas:* surrealismo e nonsense. Polifonia: Cuiabá-MT, v. 25, n. 40.1, p. 01-27, set.-dez. 2018.

Nonsense. *In: Dictionnaire de critique littéraire*. Paris: Armand--Colin, 1996. p. 135.

AUTORIA DO VERBETE

Zilá Bernd

ANELITO DE OLIVEIRA

Fonte: Arquivo pessoal do autor

A mesma voz

In: Desforra, 2023

Desaba nas palavras
Mais que sobre as palavras
Contra seu dorso intangível
Desaba agora outra vez
A mesma voz
Estranhamente em mim
No meu tempo mundo espaço
Amor e ódio incontroláveis
Por tudo que me ausenta
Essa ausência lacuna buraco
Sei lá –
Este más allá de
Tudo dizível
Este indefinível nada
Que,
Outra vez,
Digo,
Ouço

Totalidade Negra

In: Dezenove poemas refugiados, 2017

Como definir o correr dos sentidos?
Como dizer minhas mãos estão se deixando?
Como chegar ao fundo aberto do que se abre?

Acercamentos

O entorno é um limite branco –
Toda viagem chega à fronteira de um télos –
Contra o coro uiva livre o caos colonial –
Regressar a si é uma totalidade Negra –

Os sentidos corroendo.
As mãos deixando-se.
O aberto se abrindo.

Cor local

In: Desforra, 2018

A verdade é branca.
Não me peça que a diga.
A verdade
É branca, não me peça
Que a sinta.
A verdade é branca,
Não me peça que
A veja.
A verdade é
Cruelmente
Branca.

O mal-estar da ignorância

In: Transpaisagens, 2014

Tentando sair,
        E entrando
Tentando calar,
        E dizendo
Tentando partir,
        E chegando
Tentando morrer,
        E vivendo

Parece que nunca
Estarei neste
Corpo que
        Abriga
Esta realidade eu
Parece que sou
        Uma inapreensível
Realidade isso
Que não chega
À realidade mundo
Onde se pode estar
        Parece que nunca
Estarei nunca
        Em nenhum lugar
        E é sempre a mesma intriga
        Entre o que esteve
E o que não
        Chega a partir
O que vivemos mata
O que vivemos para
Vivermos até a morte

Queremos encontrar
        O que nunca soubemos
Se realmente existe
        Ó mal-estar na ignorância!

Apenas o desejo de partir,
O permanente desejo de partir,
O mesmo desejo de não chegar
A lugar nem, apenas
Partir, partir, até o fim

Cada vez que volto,
Sei que não volto mais
Como aquele que foi,
Que não sou aquele

Volto vendo que não é
Mais possível voltar
A mim mesmo, que me
Deixei lá longe, perdido

A canção do menino negro

In: Balada de abril, 2015

Ele canta. Ninguém entende nada,
Ninguém o vê ali. Mas ele canta.
Canta numa outra língua, num
Outro mundo. Como um menino,
Ele canta, canta sem saber o quê.

Enorme com um corpo que não
Cabe em si mesmo, ali está ele.
Não parece um menino, mas não
é um homem. Cantando, como
Quem reza, vai se encantando.

O que canta? Olha pela janela do
Ônibus, e canta. Um canto escuro,
Oco, no limite do desaparecimento.
Olha lá fora, longe, e canta para
Dentro de si, no além. Ele é negro.

ANELITO DE OLIVEIRA
BIOGRAFIA

Anelito de Oliveira nasceu em Bocaiuva (MG), em 1970. É doutor em Letras pela Universidade de São Paulo (USP), com tese sobre o simbolista afro-brasileiro Cruz e Souza (1861-1898), e possui pós-doutoramento em Teoria Literária pela Unicamp sobre o Barroco em Minas Gerais. Entre 1999 e 2003, exerceu as funções de editor do famoso *Suplemento Literário de Minas Gerais*. Em 1998, foi também editor da *Revista Orobó*, de enfoque em letras, artes e crítica da cultura. Participou de um grande número de antologias e publicou um grande número de poemas, recentemente reunidos em um portentoso volume de 773 páginas, intitulado *Desforra – Poesia desunida 1988-2023*.

Segundo o próprio autor, o sentido maior dessa avantajada antologia é a busca da autocompreensão, afirmando que "o racismo é o fundamento do conflito que perpassa todo meu gesto poético" (2023, p. 26). Anelito afirma ainda que *Desforra* corresponde a 70% de sua produção editada e inédita, composta ao longo de 35 anos. Em um dos três prefácios da obra, assinado por Silviano Santiago, o crítico vê na imensa produção poética de Anelito de Oliveira, uma expectativa de que o "forro seja desforrado", o que, aliás, já é anunciado no título.

BIBLIOGRAFIA DO AUTOR

Desforra – Poesia desunida 1988-2023. Belo Horizonte: Literíssima; Orobó Edições, 2023.

O defunto e a escrita: Machado de Assis segundo Brás Cubas. Belo Horizonte: Orobó Edições, 1999.

Fenda: 16 poetas vivos. Belo Horizonte: Orobó Edições, 2002.

Três festas: a love song as monk. Belo Horizonte: Orobó Edições; Anone Livros, 2004.

Transtorno. 1993/1996. Belo Horizonte: Orobó Edições, 2012, série Acontecimentos Criativos, v. 1. (poesia).

Mais que o fogo. 1997-2001. Belo Horizonte: Orobó Edições, 2012, série Acontecimentos Criativos, v. 2. (poesia).

A ocorrência. 2002-2003. Belo Horizonte: Orobó Edições, 2012, série Acontecimentos Criativos, v. 3. (poesia).

Degredo: poema fronteira. Belo Horizonte: Sangre Editorial, 2019.

O desgraçado sr. Humano & outros poemas anticínicos. Curitiba: Editora Lobo Azul, 2022.

Os acampamentos insustentáveis. Curitiba: Kotter Editorial, 2019.

Do sigiloso: escritos sobre a poesia de João Evangelista Rodrigues. Rio de Janeiro: Loope Editora, 2021.

COMENTÁRIO CRÍTICO

Por que definir sua poesia como "desforra"? A explicação pode estar no fato de que escrever, para um poeta negro que vivenciou vários tipos de preconceitos, é sua forma de se desforrar dos insultos e humilhações. Mas, então, por que reunir os poemas escritos ao longo de uma vida e nomear o livro como *Desforra: poesia desunida*? Encontramos uma explicação na própria obra: ela pode ser diversa, mas existem fios condutores, sendo um deles a *desforra*. "Escrever como uma reparação, um acerto de contas, para afrontar, para enfrentar o inimigo, para protestar, para denunciar" (orelha de *Desforra*, 2023). A grande maioria de seu extenso repertório poético é marcado por temas como estranhamento, falta, ausência e errância, como no poema *O mal-estar da ignorância*, de 2014:

Apenas o desejo de partir,
O permanente desejo de partir,
O mesmo desejo de não chegar
A lugar nem, apenas
Partir, partir, até o fim

São versos reveladores do estranhamento do poeta diante de uma realidade que o atormenta, devido à permanência – ainda hoje – da intolerância e da discriminação racial às quais seus poemas são uma tentativa de revide. Contudo, o revide o angustia; a revolta aflora e será – durante os mais de 30 anos em que exerce o seu ofício de poeta – a matéria-prima do seu fazer literário. São belos, fortes, atormentados versos que nos convidam a uma profunda reflexão sobre a poesia afro-brasileira ou afrodescendente, bem como sobre a situação do negro no contexto brasileiro, em que a discriminação e o preconceito ainda afloram de modo ora explícito, ora sub-reptício.

Vale a pena conferir um dos prefácios de *Desforra*, assinado por Silviano Santiago, que nos lembra que a raiz de "desforra" vem do árabe:

> forro é o indivíduo liberto da escravidão. Pela margem norte o Mediterrâneo, a raiz é francesa: forro é o tecido que reveste internamente a roupa fina. [...] Ser forro não significa que se tenha libertado do papel que o costureiro delega ao tecido de forro. Embora só sobreviva às escondidas, o forro é firme e é útil – peça indispensável à invejada confecção material. (2023, p. 32)

Com sua cultura e grande sensibilidade, Silviano Santiago desvenda um possível viés de interpretação do título: talvez o próprio poeta sinta-se, ao mesmo tempo, como "alforriado", ou seja, forro, liberto da escravidão, livre, desobrigado, mas também como alguém que ainda não conseguiu superar seu desejo de desforra. Seus versos são uma forma poética de sublimar a dor, uma maneira de "cantar para dentro de si, no além. Ele é negro", como diz no poema *A canção do menino negro*.

REFERÊNCIAS

OLIVEIRA, Anelito. *Desforra* – poesia desunida 1988-2023. Belo Horizonte: Literíssima; Orobó Edições, 2023.

BERND, Zilá. *Antologia de poesia afro-brasileira*. Belo Horizonte: Mazza Edições, 2011.

LITERAFRO. O portal da literatura afro-brasileira. *Anelito de Oliveira*. 11 dez. 2023. Disponível em: < http://www.letras.ufmg.br/literafro/autores/593-anelito-de-oliveira>. Acesso em: 26 jan. 2024.

AUTORIA DO VERBETE

Zilá Bernd

SALGADO MARANHÃO

Fonte: Pokemon

Como um rio V

In: A voz que vem dos poros - antologia poética, 2023

Os griots da minha terra
são pastores de enigmas
ungem com seus cantares
o chão do terreiro.
                          e a madeira
oca. Face à fogueira
                          dos ancestres;
face ao ronco do eterno.
Reverbero aqui
a faísca desse oráculo;
como quem carrega o tempo
e o silêncio da espada.
Reverbero aqui
o pó que vira luz.
Eu que broto de um vento
sem métrica,
onde nada pode o nunca.

Autorretrato

In: A voz que vem dos poros - antologia poética, 2023

passei a infância
correndo atrás do sol,
pés descalços pelos matagais
por entre cascavéis e beija-flores.
cedo aprendi o milagre
das sementes: minha mãe
abria a terra
e eu semeava os milharais,
os campos de arroz e as colheitas.

- vim crescendo com a sarça hostil
sob a memória dos crânios
sem nome.

quanto à poesia
foi se alojando aos poucos
nos latifúndios do coração,
e se tenho as mãos
especializadas na confeitaria
das palavras,
vem da herança natural do ofício
de criar e engravidar plantas.

Pária

In: A voz que vem dos poros - antologia poética, 2023

Para Moacyr Costa e Domingos Fernandes

Onde eu nasci a servidão reinava
insone (ao rés do lento vaivém
dos dias) e estar vivo já bastava.
Onde eu cresci meu reino era ninguém.
Eu sou aquele a quem não se esperava
com a chave de um nome ou do vintém
e se algum rito interno me rondava
era uma reza que eu só tinha amém.
Viver era avançar em retrocesso
por entre rotas ínvias, sem acesso,
a desbravar o mar sem caravelas:
qual pária, que ao nutrir-se em seu reverso
– o nada ter lhe tendo e por tabela –,
só restem as palavras e as estrelas.

Anunciação

In: A voz que vem dos poros - antologia poética, 2023

Ouvi cantar um pássaro
– e era teu grito;
Ouvi rosnar o mar
– e era teu verso.

Estamos todos assinalados
pela sevícia dos dias anônimos,
pelo delírio de resistir.
E o salitre corrói
nossas muralhas.

O que herdamos
está na conta do azul
parido a guindaste.

No entanto uma brisa
rútila
nos agrega esta ração
de palavras,

para cerzir nossa alma rasurada.

Relíquia

In: A voz que vem dos poros - antologia poética, 2023

Quem segura o telhado
desses mortos
fabricados entre a ceia
e a hora do esterco?
Esses que ardem
            onde medra
o sangue?

Acossadas
aos subúrbios da carne
estão suas obras completas,
perfiladas no nada.

No rastro dessa névoa-
nave (ainda) exorta
uma cigarra louca.

Estarão prontos os vivos
de amanhã,
para guardar nossa relíquia
de mortos?

SALGADO MARANHÃO

BIOGRAFIA

Nascido em 1973, José Salgado Santos Costa assina Salgado Maranhão como escritor, por ter nascido em Caxias, no estado do Maranhão. De pai aristocrata e mãe camponesa, trabalhou na roça até os 15 anos, tendo se alfabetizado somente com essa idade. Poeta, jornalista, compositor e letrista, publicou inúmeras obras como se pode constatar pela bibliografia a seguir. *A voz que vem dos poros*, sua última publicação de 2023, pela editora Malê, constitui-se como uma antologia poética, reagrupando grande parte de sua obra poética. De sua poesia bastante diversificada, destacam-se as marcas afro-diaspóricas de suas vivências da infância e juventude. Sua produção é marcada por um grande número de obras, publicadas desde 1978, com *Ebulição da escrevitura*, até 2021, com *Pedra de encantaria*, e finalmente a antologia de 2023, *A voz que vem dos poros*. Já foi traduzido para o inglês, alemão, italiano e japonês. Ministra conferências em muitas universidades brasileiras e do exterior, como Harvard e Yale.

Sua produção como compositor-letrista é abundante, possuindo mais de cinquenta músicas gravadas por artistas famosos como Elba Ramalho, Ney Matogrosso, Paulinho da Viola, Zizi Possi e Ivan Lins, entre outros. Por último, ressaltamos um grande número de prêmios que lhe foram atribuídos, entre eles o Jabuti de Literatura (1999), o prêmio Pen Club de poesia de 2014, com o livro *O mapa da tribo*, e o Prêmio da União Brasileira de Escritores de 1998. É doutor *honoris causa* pela Universidade Federal do Maranhão e pela Universidade Federal do Piauí.

BIBLIOGRAFIA DO AUTOR

A cor da palavra. Rio de Janeiro: Imago, 2010.

A pelagem da tigra. Rio de Janeiro: Booklink, 2009.

Ópera de nãos. Rio de Janeiro: 7Letras, 2015.

Avessos avulsos. Rio de Janeiro: 7Letras, 2016.

A casca mística. Rio de Janeiro: 7Letras, 2019.
Pedra de encantaria. Rio de Janeiro: 7Letras, 2021.

COMENTÁRIO CRÍTICO

Vagner Amaro, na orelha do mais recente livro de Salgado Maranhão: *A voz que vem dos poros*, assim se refere ao poeta:

> Equilibrando o rigor estilístico dos grandes escritores, a concisão consciente, a rítmica proparoxítona e todas as liberdades criativas possíveis para um poeta destemido e experiente, [...] Salgado Maranhão apresenta em A voz que vem dos poros uma poesia brasileira a mais e, portanto, incontornável para quem aprecia a boa literatura.

É surpreendente a força poética da obra de Salgado Maranhão, que conjuga elementos de uma poesia afro-diaspórica com as tonalidades dos escritos de autores como Graciliano Ramos e José Lins do Rego. Maranhão traz à tona, em sua poesia, o homem do Nordeste, despojado, construindo uma poesia também despojada, seca, dura, mas vibrante que nos toca profundamente pela aridez que emana dos poemas que nos remete à aridez da terra, à falta de condições mínimas.

Emociona o fato de o poeta retratar o cenário rude e pobre onde nasceu, onde "viver era avançar em retrocesso" como um pária. Dessa dura realidade de menino pobre vivendo nas condições mais precárias, retira a força poética de onde brotam versos contundentes e verdadeiros, oriundos de um viver desprovido de bens materiais, mas enriquecidos pelas vozes dos cantadores que se reúnem à noite nas vigílias, deixando marcas profundas na alma do menino José Salgado.

O poeta reconhece que seu pendor para a criação poética se origina justamente do aprendizado do trabalho na lavoura, auxiliando sua mãe. Daí provém "a herança natural do ofício de criar e engravidar plantas". Ao finalizar a leitura de sua antologia poética, o leitor compreende a razão do título *A voz que vem dos poros*. De fato, a voz poética brota de seu passado na lavra, no suor do sol escaldante no Maranhão. Esse passado rebrota em seus poemas e sua inspiração vem de seus poros, ou seja, do mais verdadeiro de si mesmo.

REFERÊNCIAS

QUEVEDO, Rafael Campos. *A lavra e o livro* – Ensaio sobre a lírica de Salgado Maranhão & Antologia poética. Itabuna: Mondrongo, 2023.

AUTORIA DO VERBETE

Zilá Bernd

II ›

ATUAIS/ CONTEMPORÂNEOS

JORGE FRÓES

Fonte: Silvia Prado.

Negro

In: Estamos quites, 2015

"Negro é negro mesmo"
Negro é negro mesmo
Negro é negro mesmo
E o que haveríamos de ser
Apesar de todas as armadilhas
(roxo, amarelo, verde)?
"Negro é Negro mesmo"
Com muito orgulho. Negro é
Negro mesmo.

A luta

In: Estamos quites, 2015

O doce nada brando
da cana-de-açúcar
contrapondo ao sal do suor

Caía o açúcar branco
sobre o corpo negro

Ao sol duas foices:
a cana cortava o negro
o negro cortava a cana

Mísero esqueleto

In: Estamos quites, 2015

O amor, os livros, os textos
A saúde, os amigos, a vida.
Quero dar conta de tudo
mesmo lançando meus
braços-de-polvo
sou insuficiente, sou pouco.

Um poema de horror

In: Poemas negros e outros nem tantos, 2019

Pelo caminho
crianças imploram carinho
a mulher cansada pensa em aborto
mendigos morrem de frio
um bêbado caído na calçada.

Eu vou para casa
ligo a TV e dou risada.

Porto Alegre

In: Revista Germina, 2019

A tarde era azul
e as pessoas vestidas
de compromisso
andavam pela
rua da praia

JORGE FRÓES

BIOGRAFIA

Jorge Fróes nasceu em Porto Alegre no ano de 1963, é poeta e professor. Graduado em Letras – Português e Literaturas de Língua Portuguesa pela UFRGS, iniciou sua carreira de escritor publicando esparsamente alguns poemas nas décadas de 1980 e 1990, em jornais e revistas. Somente em 2015 lançou seu primeiro livro de poesia *Estamos quites* (Vidráguas; Escola de Poesia, 2015). Também participou das seguintes publicações: *Antologia de poetas brasileiros* (Shogun, 1985), *Roda da Poesia Negra* (Oliveira Silveira, 1993), *Revista Negra, especial da Porto & Vírgula* (SMC, 1995), *Callaloo, African Brazilian Literature* (Baltimore: John Hopkins, 1995), *Continente Sul Sur* (IEL, 1998), *Poemas no ônibus* (SMC, 2001 e 2003), *Poemas no ônibus 10 anos* (SMC, 2002), *Consciência negra do Brasil, os principais livros* (Mazza Edições, 2002), *O melhor da festa* (Casa Verde; FestiPoa Literária, 2011) e *Sopapo Poético-Pretessência* (Libretos, 2016), *Poemas negros e outros nem tantos* (UEMA, 2019). Editou o jornal *Fenestra Literatura*, junto com Cezar Dias, de 2000 a 2001, no qual foram publicadas importantes entrevistas com Oliveira Silveira, Moacyr Scliar e outras figuras de destaque das letras do Rio Grande do Sul. Em 2022, publicou pelo Instituto Estadual do Livro – IEL a obra *Chegou um negro*. É um dos organizadores dos encontros Leituras Negras, evento que ocorre desde 2005.

BIBLIOGRAFIA DO AUTOR

Estamos quites. Porto Alegre: Ed. Vidráguas; Escola de Poesia, 2015.

Poemas negros e outros nem tantos. Porto Alegre: Ed. Umespa, 2019.

Chegou um negro. Porto Alegre: Instituto Estadual do Livro, 2022.

Publicações em antologias

Antologia de poetas brasileiros. Rio de Janeiro: Ed. Shogun, 1985. https://www.germinaliteratura.com.br/2019/jorge_froes.htm

Revista Negra, especial Porto & Vírgula. Porto Alegre: Secretaria Municipal da Cultura de Porto Alegre, 1995.

Revista African Brazilian Literature. Baltimore/EUA: John Hopkins University Press, 1995.

Continente Sul Sur. Porto Alegre: Instituto Estadual do Livro, 1998.

Consciência negra do Brasil, os principais livros. Organização de Cuti e Maria das Dores Fernandes. Belo Horizonte: Mazza Edições, 2002.

Pretessência. Sopapo Poético – Antologia. Porto Alegre: Ed. Libretos, 2016.

COMENTÁRIO CRÍTICO

A poesia de Jorge Fróes é um equilíbrio entre harmonia, forma e conteúdo. Nessa construção, as questões políticas, sociais e étnicas, além de serem inseparáveis, são uma marca da manifestação cultural do movimento negro gaúcho. Fróes carrega em sua escrita muitas marcas da obra do amigo Oliveira Silveira, precursor de todo o movimento da literatura de escrita negra no Rio Grande do Sul. Fróes fez parte de uma geração de jovens escritores e intelectuais negros que tiveram a oportunidade de estudar, quando esse privilégio não era para a sua geração.

Com um trabalho impecável de linguagem, é possível observar a intenção do autor em aproximar o leitor de seus poemas, pois seus versos agregam uma lírica que abarca os sentimentos de uma sociedade que pretende ser harmoniosa e colaborativa. Esse é um ponto importante, porque é como se o poeta estivesse solicitando ao leitor libertar-se do pensar em bloco para fazer uso da independência intelectual.

Ativista na promoção da leitura e da escrita, o poeta e professor tem em seu currículo vários alunos de sucesso, entre eles, o aclamado escritor Jeferson Tenório, que não cansa de declarar o quanto Jorge Fróes foi essencial para a sua vida acadêmica e, consequentemente, para a sua entrega à escrita. Para o crítico literário, professor e escritor Ronald Augusto, Fróes é um dos poetas que beberam tanto do convívio e da amizade quanto das ideias e da poesia de Oliveira Silveira. Além de excelente poeta, Oliveira, falecido em 2009, foi um dos proponentes, junto com o grupo Palmares, do Dia da Consciência Negra, propondo o 20 de novembro, dia da morte de Zumbi dos Palmares, como a data para marcar a luta do povo negro no Brasil. Fróes leva adiante a disseminação de um pensamento e de uma literatura que vem ganhando cada vez mais visibilidade.

REFERÊNCIAS

AUGUSTO, Ronald. *Alguns escritores negros de agora-agora*. Disponível em: <https://sul21.com.br/colunasronald-augusto/2020/03/alguns-escritores-negros-gauchos-de-agora-agora-1/>. Acesso em: 8 fev. 2024.

REVISTA LITERATURA RS. *Todas as camadas dos poemas negros de Jorge Fróes*. Disponível em: <https://literaturars.com.br/2019/08/19/todas-as-camadas-dos-poemas-negros-de-jorge-froes/>. Acesso em: 8 fev. 2024.

AUTORIA DO VERBETE

Roberta Flores Pedroso

LILIAN ROCHA

Fonte: Lourdes Helena Rosa

Reflexões

In: A vida pulsa, 2013

Meu olhar negro
Às vezes perturba
A visão branca
Egocêntrica do mundo.

Somos de todas as cores
Facetas de luz
Em transição
Por que diminuir
O valor de algumas?
Se todas possuem
A grandeza da imensidão.

Canta negro

In: Negra Soul, 2016

Canta Negro
Solta este teu vozeirão
Fruto da nossa tradição
Imemorial
Da nossa ginga
Do nosso ritmo compassado
Da história oral contada.
Canta Negro
A tua força
A tua sensibilidade
A tua sacralidade
Dos tambores nagôs
Que ressoam magia e fé
Dos teus orixás benditos.
Canta Negro
Solta esta voz
Dos grilhões dos navios negreiros
E faz estremecer
A Terra Mãe
Berço das águas profundas
Que limpa qualquer mágoa
E que brota
A verdade nua e crua
Pulso de Vida e Ancestralidade
Desta Nação guerreira
Que grita hoje e sempre...
Canta Negro
Solta este vozeirão!

Pixaim II

In: Menina de tranças, 2018

meu cabelo
incomoda
causa surpresa
indignação
mostra postura
presença
negra
na sociedade
eurocentrada
do liso molejo
da escravidão
do estilo
aceito.
sem preconceitos
gosto dele assim
crespo
mirando o céu
desenhado à nanquim
viva
o meu cabelo
pixaim!

A única verdade

In: Agò, 2022

Preta
Mulher Maravilha
Carrega
O mundo
Nas costas
Filhos, marido, amante
Ela não conhece
Colo
Afago
Palavras doces
O extraordinário
Nunca teve
Restou o ordinário.
Acorda, Rainha!
As tuas costas
Não são para-raios
Se a tua coluna
Não está ereta
É porque como bambu
Sabes dançar com o vento
Tens a Sabedoria Ancestral
A beleza do ébano
Busca na gira
Dos teus pés
A destreza
Que necessitas
E atravesse a ponte
Da dúvida
E encontrarás
No reflexo
Do espelho

A única verdade
A Preta
Bendita!

Tranças III

In: Travessias de Amanaã, 2021

As tranças
Que trançam histórias
São as mesmas
Que mapeiam
Rotas de fuga
Ancestralidade
De mãos
Que acarinham
E protegem
A menina
A mulher negra
Que renasce
Todos os dias
Das cinzas ungidas
Pelos seus orixás
Transmutando
Toda a trajetória sofrida
Em alento de luta
Fruto de Vida
Cruzando
Tempo e espaço
Mãe África
Renascida.

LILIAN ROSE MARQUES DAA ROCHA

BIOGRAFIA

Lilian Rose Marques da Rocha nasceu em 1966, em Porto Alegre (RS). É graduada em Farmácia e Análises Clínicas, com especialização em Homeopatia; é musicista, escritora, facilitadora, didata em Biodanza com formação em Educação Biocêntrica.

No portal da Associação Gaúcha de Escritores – AGES, é possível encontrar mais informações relevantes de sua biografia. Foi membro da Coordenação do Sarau Sopapo Poético, acadêmica da Academia de Letras do Brasil – Seccional-RS (Cadeira 49, patronesse Carolina Maria de Jesus), diretora de Organizações Sociais da ALB-RS, conselheira da Associação Negra de Cultura (ANdC), membro da Sociedade Partenon Literário e da International Writers and Artists Association (IWA), acadêmica da Academia Internacional União Cultural (Cadeira 49, patronesse Maria Firmina dos Reis), membro da Comissão Especial Sobre a Verdade da Escravidão do Rio Grande do Sul – OAB/RS, membro do Mulherio das Letras, patrona da Feira do Livro da cidade de Canoas/RS, em 2021. O Literafro – O portal da literatura afro-brasileira, traz mais informações de sua vida na infância: a possibilidade de crescer em uma família orgulhosa de sua negritude, com uma vasta biblioteca à disposição, o violão dado de presente pelo pai, tudo isso contribuiu para que Lilian chegasse na encruzilhada cultural.

Publicou os livros autorais *A vida pulsa – poesias e reflexões* (2013), *Negra Soul* (2016), *Menina de Tranças* (2018) e *Agò* (2022); é coautora da obra *Leli da Silva – Memórias: importância da história oral* (2018), na qual, a partir das memórias de Leli (1933-2021), sua mãe, entrevistada pelos filhos, registra-se a história da cidade de Porto Alegre, do ponto de vista de uma família negra. Em coletâneas, destacam-se as três antologias do coletivo Sopapo Poético: *Sopapo Poético: ponto negro da poesia* (2015); *Sopapo Poético: Pretessência* (2016) e *Sarau Sopapo Poético: ponto negro da poesia – Aquilombados* (2020). É importante também referenciar *Travessias de Amanaã* (2021) e o comprometimento de Lilian Rocha com as escrevivências femininas, um destaque em sua farta produção poética e performática.

BIBLIOGRAFIA DA AUTORA

Agò. Porto Alegre: Instituto Estadual do Livro, 2022.

Menina de Tranças. Porto Alegre: Editora Taverna, 2018.

Negra Soul. Porto Alegre: Editora Alternativa, 2016.

A vida pulsa. Porto Alegre: Editora Alternativa, 2013.

Participações em antologias e coautorias

Olhar estrangeiro – México / Mirada Extranjera – México. Porto Alegre: Editora Território das Artes, 2023.

Próxima estação: poesia. Organização de Elvio Vargas. Porto Alegre: Instituto Estadual do Livro, 2022.

Travessias de Amanaã. Porto Alegre: Libretos, 2021.

Sarau Sopapo Poético: Ponto negro da poesia – Aquilombados. Porto Alegre: Coleção Diálogos da Diáspora, 2020.

Olhos de azeviche: contos e crônicas. Rio de Janeiro: Malê, 2020.

Leli da Silva: Memórias – Importância da história oral. Porto Alegre: Editora Alternativa, 2018.

Negras palavras gaúchas 2. Porto Alegre: Evangraf, 2018.

Antologia virtual mulheres da paz. Portugal: Editora Fénix, 2017.

Pretessência. Porto Alegre: Libretos, 2016.

Sopapo Poético: Ponto Negro da Poesia. Porto Alegre: Errejota Livros, 2015.

COMENTÁRIO CRÍTICO

Além de todo o movimento proporcionado pela poeta, que atua em várias frentes, não se pode deixar de comentar sobre a *performance* de Lilian Rocha em rodas de poesia. Na reflexão de Fontoura, Salom e Tettamanzy (2016), Lilian aparece como um exemplo de performatividade, pois, a partir de sua formação e experiência com técnicas vocais e facilitadora de biodança, a autora teatraliza a declamação de seus poemas ao criar interpretações livres e utilizar "gestualidade enfática (rápidos giros, passos em círculo, olhares diretos, punhos ao ar) e modulações da voz (volume, tom, intensidade) para tocar as pessoas na roda". A obra de Lilian Rocha aborda questões atinentes às vidas negras através de sua experiência pessoal, mas também histórica, política e coletiva: ao falar de amores e dores em linguagem poética, ao resgatar memórias ancestrais, ao registrar fatos de sua vida na escrita, torna-se a protagonista de sua história individual e coletiva, propondo o resgate do passado, a constituição do presente e a possibilidade de futuros para as mulheres negras.

A poeta possui uma extensa bibliografia, bem como uma intensa participação em eventos, impossível de ser catalogada e disponibilizada em sua totalidade neste verbete. Nesse sentido, a participação de Lilian Rocha nesta *Antologia de poesia de autoria negra brasileira* é um convite ao público interessado para que busque conhecer mais da produção de fôlego da poeta porto-alegrense não somente nas obras publicadas em formato de livro como também em vídeos performáticos disponíveis na internet.

REFERÊNCIAS

FONTOURA, Pâmela A.; SALOM, Julio S.; TETTAMANZY, Ana Lúcia L. Sopapo Poético: sarau de poesia negra no extremo sul do Brasil. *In*: *Estudos de Literatura Brasileira Contemporânea*. Brasília, n. 49, p. 153-181, 2016.

LITERAFRO. O portal da literatura afro-brasileira. *Lilian Rocha*. Disponível em: <http://www.letras.ufmg.br/literafro/autoras/1278-lilian-rocha>. Acesso em: 2 jan. 2023.

MARTINS, Leda Maria. Performances da oralitura: corpo, lugar da memória. *In*: *Letras*, n. 26, p. 63-81, 2033. Disponível em: <https://periodicos.ufsm.br/letras/article/view/11881/7308>. Acesso em: 2 fev. 2023.

MIRANDA, Fernanda R. *Silêncios prescritos*: estudos de romances de autoras negras brasileiras (1859-2006). Rio de Janeiro: Malê, 2019.

AUTORIA DO VERBETE

Liliam Ramos

ELIANE MARQUES

Fonte: Olho Mágico Fotografias

3

In: e se alguém o pano, 2015

o descasque da quinaria dos cântaros
até que o tric tric
a negra nega fulô
como se já não bastasse
do alabama para roubar nossa pele
ê eta molambos apossados
a nega moura a negra fulô ao prelo
mais que o protocolo dos casacos o baque dos talheres
heeiiiaaa os *cosongos* à sopa
banquete feito colheradas de terra
judiaria essa negrinha lhe mediram boas as três braças
por que nervo
quer dizer metades de lua com a guarda-baixa
não se trata de a raiz – cascas as medalhas
a era do *sôngoro* cujo *son* ecoou na falta
há muito se abasta
com o refugo das línguas (com molho)
com o metiê dos dois pés na taça
ê eta a nega ê eta a negra fulana
termo de pregação dos cabelos a prêmio
pré-molares esquecidos no braseiro
heeiiiaaa
em qualquer saco (de novo)
o pan pan pan dos martelos

7

In: e se alguém o pano, 2015

tal seu ofício
ofício negro
hera em cada mano
nelúmbio e sonho
ofício de negro
o mais americano
desses que se acossam nas vértebras
à esquerda de um canto

oficialato já disseram sem mando
quebranto e ordálio
nem o Mississipi
pelos bantos aí afogados

negrisísifo se for o quase
junto à gordura dos soldos
a marcha (a medula) – os sovacos
entre ônibus e obituários
a propriedade
(e por que não)
de qualquer hotentote

a salvo apenas os ombros
ouve: aqui uma vez bandos

também uma vez nibelungos
quando a querença dos anéis
outra vez mameluca

mas a cucharra
como se nuvem
ofício enterrá-la no domingo

5

In: o poço das marianas, 2021

as marianas   em que reclamam do dia
um nome
ialodê senhora maid madame
têm pressa e nem recusam
ebozeiras de cabeça alta
o elubô nas ânforas

8

In: o poço das marianas, 2021

a lua em cirandas
desaceita seus dezessete vezes três
                                                            nomes
mesmo assim
elas que não rascam o estrume
dos calcanhares
vão
com as cabazes aninhadas nos sovacos
e a dezena de cascas de conchas que comem
como se fosse ovo

manchaduras miliárias de ossaturas sem mar
mandaram ladrilhar as paredes
                                                            com pedrinhas de brilhante

(sim   o poço é delas)

o poço foi delas como tudo delas   houve
o sun sun
os olhos de anansi
            a única que sabe

13

In: o poço das marianas, 2021

inchumes delatam a força d'aguada
a passagem   ibojì ojúùsun orísun
a água atora rebenta
os soldados moem

o toono negro dos caramujos invade
e elas (elas) memembram

a fuligem do dia
as rocas
o pútrido das rocas
as redes de contas que ferrujam

e então com o pó vermelho do mercado
os búzios enterrados no charco

e então varridas para as poças
                    estão bêbadas e dormem de botas

24

In: e se alguém o pano, 2015

quantas mãos para sabás
quantas velas para que o dia
seja como a noite

sabás um negro tonto
sabás um negro bruto
sabás um negro louco
sabás um negro torto

sabás, oh sabás
grita ora oragora
gora fora ora mesmo

que refaça o que não pode
sabás o negro morto

os punhos
à boca terrena de sabás
como louro ou água doce

sabás, oh sabás
quando a morte não tem destino
de teus braços raízes

sabás, oh sabás
o negro sem espelho o negro sem veneno
o negro sem o mesmo o negro sem terreno
sabás o negro

algo se foi, sabás
algo se foi para sempre

e um nome é preciso
um nome preciso
que te ampare do vento

ELIANE MARQUES

BIOGRAFIA

Eliane Marques nasceu em 1970, em Santana do Livramento (RS). É graduada em Pedagogia e Direito, especialista em Constituição, Política e Economia e mestre em Direito Público. Possui formação em Psicanálise pela Après Coup Porto Alegre Psicanálise e Poesia, onde atua como ministrante de cursos que abordam Direito, Psicanálise e suas relações com o texto poético. Coordenou diversos eventos relacionados à poesia e às oralidades, como o Porto Poesia, além de compor a comissão editorial da revista *Ovo da Ema*. Atua como auditora pública externa do Tribunal de Contas do Estado do Rio Grande do Sul, é escritora e tradutora de espanhol-português e está à frente da Escola de Poesia e do selo editorial Orisum Oro.

É fundadora e coordenadora do Clube Amefricano de Tradutoras, responsável pelas publicações bilíngues no Brasil de *Cabeças de Ifé*, da cubana Georgina Herrera, *Zambeze*, da argentina Graciela Paz, *Conjuro da Guiné*, da porto-riquenha Mayra Santos-Febres, e de sua autoria *o poço das marianas*. Publicou três livros de poemas: *Relicário* (2009), *e se alguém o pano* (2015), vencedor do Prêmio Açorianos de Literatura, e o já citado *o poço das marianas* (2021), vencedor do Prêmio Minuano e finalista do Prêmio da Associação Gaúcha de Escritores.

É colunista da GZH de Porto Alegre com textos que propõem debates e aproximações entre obras literárias de autorias negras, tradições de matriz africana e psicanálise. Figura na lista das dez mulheres que movimentam a literatura brasileira publicada em 2017 pelo Observatório da Língua Portuguesa, entre nomes como Conceição Evaristo e Maria Valéria Rezende. Em 2023, estreou no gênero romance com *Louças de família*.

BIBLIOGRAFIA DA AUTORA

Relicário. Porto Alegre: Grupo Cero Brasil, 2009.

e se alguém o pano. Porto Alegre: Après Coup; Escola de Poesia, 2015.

o poço das marianas. Porto Alegre: Escola de Poesia, 2021.

Participações em antologias e organizações de coletâneas

Arado de palavras. Porto Alegre: Grupo Cero Brasil, 2008.

No meio da meia-lua, primeiros versos. Porto Alegre: Vidráguas, 2013.

Quilombo: Cartografía/Autoría negra/Brasil. Organização de Lucía Tennina. Buenos Aires: Tinta Limón, 2019.

COMENTÁRIO CRÍTICO

De acordo com o pesquisador Ronald Augusto, estudioso da obra de Eliane Marques, embora a condição de mulher negra seja inerente à sua escrita, esse fato não é substancial para a fruição de sua obra, que se destaca pela ambição dos versos,

> variedade de ritmos, palavras-montagem, étimos de extração de poéticas pan-africanas, coragem de usar uma dicção antinaturalista, um movimento contrário à brevidade enquanto padrão médio, o aproveitamento da música na prosa, o entendimento de que o ritmo se conquista pela reiteração de elementos materiais da linguagem. (AUGUSTO, 2015, p. 12)

Nos livros *e se alguém o pano* e *o poço das marianas*, como pode ser observado pelos poemas selecionados para esta antologia, os títulos são números, visto que a estratégia da apresentação dos versos objetiva uma intenção leitora como em um "jogo da amarelinha", que pode ser lido de várias formas, em um mergulho ao mais profundo dos jogos que a linguagem pode proporcionar.

No sumário de *e se alguém o pano* aparecem os números dos poemas e, ao lado, o primeiro verso de cada um deles que, lidos em uma estrofe, podem formar um novo poema de abertura do livro, abrindo, assim, mais uma possibilidade de leitura. No final, algumas referências, como os poetas Nicolás Guillén, Aimé Césaire e outros autores como Chinua Achebe e Lima Barreto, atestam o diálogo amefricano identificado também nas publicações bilíngues de poetas negras da América Hispânica, capitaneadas por Eliane. Para Gonzalez (1988, p. 77), "Ontem como hoje, *amefricanos* oriundos dos mais diferentes países têm desempenhado um papel crucial na elaboração dessa amefricanidade que identifica na diáspora uma experiência histórica comum que exige ser devidamente conhecida e cuidadosamente pesquisada". Eliane Marques configura-se, portanto, como uma entusiasta da amefricanidade proposta pela intelectual Lélia Gonzalez ao apresentar, na prática, seja em seus poemas, seja nas publicações que coordena, os pujantes diálogos entre as autorias negras amefricanas.

O poeta e crítico Ricardo Aleixo assim reflete sobre *o poço das marianas*:

> Sua imageria de múltiplas camadas compõe-se – e descompõe-se – bem diante de nosso olhar, ao qual jamais é concedido o direito à passividade. O olhar leitor, aqui, carece de ser dotado de qualidades táteis e acústicas, em face de tantos procedimentos técnico-formais que, da primeira à última linha de cada poema, nos cobram atenção: as temporalidades em atrito, as bruscas quebras sintáticas, o "esburacamento" da página – como que a iconizar o poço enunciado no título –, a descontinuidade rítmica, a desreferencialização da linguagem, o gosto, quase fetiche pelas granulações (dos parâmetros do som, o timbre é aquele que a poeta manipula com maior destreza [...]". (ALEIXO, 2021, p. 5-6)

Para Ronald Augusto (2021), em alguns aspectos, o poço das marianas aprofunda a experiência iniciada em e se alguém o pano, apoiando-se em uma poética do fragmento com maior intensidade, justificando algumas características da obra como as tortografias dos versos no branco da página e a estrutura labiríntico-circular. O pesquisador destaca, também, o vocabulário africano utilizado sem notas de rodapé como um compromisso estético-político com autorias críticas do cânone ocidental. Dentro da proposta desta antologia, selecionamos poemas que trazem uma terminologia africana, porém, em sua produção, não são todos os poemas que identificam uma temática negra, visto que Eliane Marques configura-se, sobretudo, como uma notável poeta. E ponto.

REFERÊNCIAS

ALEIXO, Ricardo. Uma cantaria para noturno às vazantes. *In*: *o poço das marianas:* crítica. Porto Alegre: Escola de Poesia, 2021.

AUGUSTO, Ronald. O desbordamento do molde em *o poço das marianas*. *In*: *o poço das marianas*: crítica. Porto Alegre: Escola de Poesia, 2021.

AUGUSTO, Ronald. *O estilo da revanche em "e se alguém o pano"*. Porto Alegre: Après Coup; Escola de Poesia, 2015.

GONZÁLEZ, Lélia. A categoria político-cultural de amefricanidade. *In*: *Tempo brasileiro*. Rio de Janeiro, n. 92/93 (jan. /jun.), p. 69-82, 1988.

LITERAFRO. O portal da literatura afro-brasileira. *Eliane Marques*. 8 abr. 2023. Disponível em: < http://www.letras.ufmg.br/literafro/autoras/242-eliane-marques>. Acesso em: 26 set. 2023.

OBSERVATÓRIO DA LÍNGUA PORTUGUESA. Dez mulheres que estão movimentando a literatura brasileira. 14 mar. 2017. Disponível em: < https://observalinguaportuguesa.org/dez-mulheres-que-estao-movimentando-a-literatura-brasileira/>. Acesso em: 26 set. 2023.

AUTORIA DO VERBETE

Liliam Ramos

RICHARD SERRARIA

Fonte: Nathaly Weber

Cabelo pixaim

In: Mais tambor menos motor, 2017

Tem dias que o homem acorda e tem cabelo pixaim
Tem dias que o negro acorda e tem cabelo pixaim

Tem dias que o homem acorda e tem cabelo pixaim
Tem dias que o negro chora quando vai pro pelourin
Um dia foi assim

Quem sabe da força da raça revolta chibata o negro na mata
ganga zumba mestre
sala dos palmares pelourin
Quem sabe da força da raça revolta chibata o negro Da Matta
ganga zumba mestre
sala dos palmares pelourin

Ahaha, ehehe, uôôhô, ehehê / Ahaha, uôhô, ehehe

Tem dias que o homem acorda e tem cabelo pixaim
Tem dias que o negro acorda e tem cabelo pixaim

Tem dias que o homem acorda e tem cabelo pixaim
Tem dias que o negro chora quando vai pro pelourin
Um dia foi assim

Ahaha, ehehe, uôôhô, ehehê / Ahaha, uôhô, ehehe

Fado para Preta Flor

In: Mais tambor menos motor, 2017

Desapego, desapreço, desaforo, desafogo
diz agora se há fogo, diz agora

Desapega, desapressa, desafora, desafoga
diz agora que é aqui fora, diz agora

Desacata, desrecata, desterrada deste nada
diz agora se é cilada, diz agora

Desacato, desrecato, desterrado deste lado
diz pra mim se estou errado, diz agora

Diz agora do meu lado, deságuora esse meu fado
diz agora com cuidado, desabrocha e diz:
Negra flor, preto amor, negra flor, preto amor.

Desapego, diz há preço, desaforo, diz: há fogo!
diz agora se é fogo, diz agora

Desapega, diz há pressa, desafora, desafoga
diz agora que é aqui fora, diz agora

Desacata, desrecata, desterrada deste nada
diz agora se é cilada, diz agora

Desacato, desrecato, desterrado deste lado
diz a hora com cuidado, diz agora

Diz agora do meu lado, deságuora esse meu fado
diz agora com cuidado, desabrocha e diz:
Negra flor, preto amor, negra flor, preto amor.

Céu em mim só sei ter voo sem fim

Oceanoserpentear

In: Mais tambor menos motor, 2017

Assim como a água viva é uma página de céu
E o aquário uma flor que chora
Eu só queria OCEANOSER
Quase nuvem e ventar o nome de cada estrela-do-mar
Quase areia e nadar de perto toda nuvem do céu
Eu quis fazer meu samba assim bonito pra você esquisito pra mim
Assim como a estrela-do-mar é uma lágrima de sol
E a praia em tua boca é breve
Eu só queria SER PENTE AR
Quase nuvem e ventar o nome de cada estrela-do-mar
Quase areia e nadar de perto toda nuvem do céu
Eu quis fazer meu samba assim bonito pra você esquisito pra mim
Eu quis fazer meu samba assim bonito
Eu quis fazer meu samba assim domingo
Pra você ainda é sábado em mim

Sopapo Bará

In: Sopaporiki, 2020

yakupapa de pé nascido solito grande rio
terra estranha treme gigante
cava entrada adiante mar
bisagra cima rio grande porto
marabaixo de pé yakupapa molhes
arroio arriba alupo canal São Gonçalo
derramar molho em carne de sal

alupo negertanze
zigue-zague zai campo afora
alupo dansa de negros
derruba árvores com raiva
a la pampa às avessas escava mucama
atabaque rei cultiva rosário
touro passo vai sangrar bucho de ramo oliveira
alupo sopapo vá de valha bicho kânhamo
ziguezagueia outro um yakupampa

faz muitos invernos
contas meu rosário sopapo de artilharia são
zanga cima pele de marimbondo
senta espalha gafanhoto
faz muitos invernos
desmiro sopapo

(...)

Sopipa Oshún

In: Sopaporiki, 2020

sopipandá dimun docô
mãe moça doshún
aguaíba erã-polú
doce espelho ôuin
guanxumarela
águas claras
iô-ilú

mãe moça chuva
cachoeira viva do sul
cura arroio mãe d'água
pura cascata guay chuva
pachamama inunda rio uruguay
guay oshún vai ipanema
inunda idosa uruguayba
vai oshún rosa
vai oshún nua
vai oshún
vaidosa

(...)

Sopapo Ossãin

In: Sopaporiki, 2020

sopapo doutor omiouã
mieró 7folhas
7dias
14toques

gramillero erva fecha
folha abre cura pereba
tambor quando mundo perna só
dançando pula
omiouã doutor marca cavalo
couro forte mata cavalo
jura um-de-a-pé
sopapo boa saúde
senhor okolofé
derruba mito fundador em seu galope mentiroso
é mato um-de-a-pé lança bucho pampa centauro
médico da nação morro do osso duro de roer

amarra ossama verde amassa
macerador febre amarela
faz morada figueira mais alta
sopapossãin martelo preto serrote
plaina elo fracote mar folha parda tá lá
escobero escreve sopapossãin escova empurra

filho projetista vem salvar pai baptista
flora um-de-a-pé um dia pereira folha figueira zé
sopaprosa dos pardos mackandal herbário malungo
macega louro resto deste reino mundo
sopapo borboleta mosqueia
carpenteia mosquito borbulha

grilo aquilo aquilombado
aquilangrilo médio mundo conventillo

(...)

RICHARD SERRARIA BIOGRAFIA

Richard Belchior Klipp Burgdurff, conhecido pelo nome artístico de Richard Serraria, nasceu em 1971, em Porto Alegre (RS). É graduado, mestre e doutor em Letras pela Universidade Federal do Rio Grande do Sul. Em 1997, fundou a banda Bataclã FC, influenciada pelo *rap* (*rhythm and poetry*) com percussão negra sul-rio-grandense e destaque para o tambor sopapo, instrumento típico dos escravizados trabalhadores das charqueadas na cidade de Pelotas, no Rio Grande do Sul. Com a banda, gravou os seguintes álbuns: *Armazém de mantimentos* (2002), *Assim falou bataclan* (2006) e *A teimosia da felicidade* (2015). Em 2008, lançou o primeiro disco solo, *Vila Brasil*. Em 2010, foi um dos compositores da trilha sonora do documentário *O grande tambor*, que conta a história do tambor sopapo. Por conta das pesquisas para o documentário e de viagens realizadas pelo Rio Grande do Sul, Uruguai e Argentina, formou parcerias com *cantautores* dessas regiões, passando a integrar a Movida Tri Platina. Isso culminou, entre 2010 e 2011, na composição do seu segundo disco solo, *Pampa esquema novo*, que coloca as manifestações culturais da Bacia do Prata (milonga, tango, candombe) em interação com a bossa-nova, o maracatu, entre outros ritmos brasileiros.

Em 2012, forma o grupo Alabê Oni, calcado em diferentes manifestações populares negras sul-rio-grandenses em diálogo com o tambor sopapo. O disco-livro *Mais tambor menos motor* (2017) é resultado de seu percurso enquanto tamboreiro e pesquisador, registrado em tese de doutorado defendida no Programa de Pós-Graduação em Letras da UFRGS. Richard Serraria é vencedor de oito Prêmios Açorianos de Música em Porto Alegre ao longo de 25 anos de trajetória musical. Em 2021, foi agraciado com o Kikito no Festival de Cinema de Gramado pela trilha sonora do filme *Cavalo de Santo*, composta com Alabê Oni. Seu livro de poemas *Sopaporiki* (2020) também é uma reverberação de suas andanças pelas epistemologias do Sul e foi adaptado como *performance* de palco em 2022 e 2023.

BIBLIOGRAFIA DO AUTOR

Mais tambor menos motor. Porto Alegre: Edição do autor, 2017.
Sopaporiki. Porto Alegre: Escola de Poesia, 2020.

COMENTÁRIO CRÍTICO

A característica principal das produções de Richard Serraria, seja no gênero poema, seja no gênero canção, é o jogo com a linguagem elaborado a partir de uma pesquisa profunda das manifestações culturais oriundas de povos originários africanos e indígenas. Ao consolidar o *pretuguês*, termo criado por Lélia Gonzalez (1988) para pensar a formação da identidade cultural brasileira por meio das palavras provenientes de idiomas africanos, fortalece o pensamento amefricano através da *falavra*: "A palavra não se limita a ser veiculadora dos sentidos, a palavra é carne, é materializadora da vida, propiciadora dos acontecimentos" (RUFINO, 2019, p. 14). Para o pesquisador Luiz Rufino, em sua *Pedagogia das encruzilhadas*, a virada linguística é elementar para a crítica ao colonialismo; nesse sentido, Richard Serraria rompe com padrões estabelecidos pelo cânone ocidental quando apresenta aos leitores obras com variadas referências literárias da "literatura universal" faladas/pronunciadas/escritas com a linguagem popular brasileira (mesclada com o espanhol dos vizinhos platinos, além da influência indígena da região). No caso específico de *Sopaporiki*,

> não tem começo, nem meio, nem fim. Você lê como quiser. Tem histórias. E muitas guardam seus sentidos bem escondidos, no emaranhado veloz da criação da língua-dicção, que realiza o encontro das palavras que o discurso oficial desprezou. E ao entrar no jogo, sério e complexo, de apropriação e invenção, deslancha, sampler, sem freios, inventando a cada verso.

> A velocidade do jogo é a velocidade irmã dos repentistas nas feiras do Nordeste e dos manos e minas nos desafios do rap e nas batalhas de slam. Jogo rápido que engana, com a ginga, o rapa, a polícia-sintaxe, o investigador-gramática. (CHIOSSI, 2020, p. 14-15).

Ao colocar em diálogo diferentes práticas do saber que se identificam nas múltiplas formas de invenção da linguagem, a produção de Richard Serraria exemplifica a encruzilhada de três caminhos da pedagogia encarnada por Exu: o político, o poético e o ético (RUFINO, 2019, p. 20), assumindo a luta contra o racismo em diálogos cosmopolitas cruzados com sabedorias e gramáticas historicamente subalternizadas, vinculando-as à educação, lida aqui como fenômeno existencial na articulação entre vida, arte e conhecimento.

REFERÊNCIAS

CHIOSSI, Eliana Mara. PréÁfrico. *In*: SERRARIA, Richard. *Sopaporiki*. Porto Alegre: Escola de Poesia, 2020.

GONZALEZ, Lélia. A categoria político-cultural da amefricanidade. *In*: *Tempo Brasileiro*. Rio de Janeiro, n. 92/93, p. 69-82, jan.-jun. 1988.

RUFINO, Luiz. *Pedagogia das encruzilhadas*. Rio de Janeiro: Mórula Editorial, 2019.

SERRARIA, Richard. *Mais tambor menos motor e a criação de canções*. Tese de Doutorado.Programa de Pós-Graduação em Letras da UFRGS, Porto Alegre, 2017. Disponível em: <https://lume.ufrgs.br/handle/10183/172924>. Acesso em: 15 fev. 2024.

AUTORIA DO VERBETE

Liliam Ramos

CRISTIANE SOBRAL

Arquivo pessoal da autora

Não vou mais lavar os pratos

In: Não vou mais lavar os pratos, 2016

Não vou mais lavar os pratos
Nem vou limpar a poeira dos móveis
Sinto muito
Aprendi a ler

Abri outro dia um livro e uma semana depois decidi
Não levo mais o lixo para a lixeira
Nem arrumo a bagunça das folhas que caem o quintal
Sinto muito
Depois de ler percebi a estética dos pratos
A estética dos traços
A ética
A estática

Olho minhas mãos quando mudam a página dos livros
Mãos bem mais macias que antes
Sinto que posso começar a ser a todo instante
Sinto
Qualquer coisa

Não vou mais lavar
Nem levar
Seus tapetes para lavar a seco
Tenho os olhos rasos d'água
Sinto muito

Agora que comecei a ler quero entender
O porquê, por quê? E o porquê
Existem coisas
Eu li, e li, e li
Eu até sorri
E deixei o feijão queimar...
Olha que o feijão sempre demora a ficar pronto
Considere que os tempos agora são outros
Ah
Esqueci de dizer
Não vou mais
Resolvi ficar um tempo comigo
Resolvi ler sobre o que se passa conosco
Você nem me espere
Você nem me chame
Não vou

De tudo o que jamais li
De tudo que jamais entendi
Você foi o que passou
Passou do limite
Passou da medida
Passou do alfabeto
Desalfabetizou

Não vou mais lavar as coisas e encobrir a verdadeira sujeira
Nem limpar a poeira e espalhar o pó daqui pra lá e de lá para cá
Desinfetarei as minhas mãos e não tocarei suas partes móveis
Não tocarei no álcool

Depois de tantos anos alfabetizada aprendi a ler
Depois de tanto tempo juntos
Aprendi a separar
Meu tênis do seu sapato

Minha gaveta das suas gravatas
Meu perfume do seu cheiro
Minha tela da sua moldura

Sendo assim
Não lavo mais nada
E olho a sujeira no fundo do poço

Sempre chega o momento
De sacudir
De investir
De traduzir

Não lavo mais pratos
Li a assinatura da minha lei áurea
Escrita em negro maiúsculo
Em letras tamanho 18
Espaço duplo
Aboli

Não lavo os pratos
Quero travessas de prata
Cozinhas de luxo
E joias de ouro
Legítimas
Está decretada a Lei Áurea

Saudade

In: Não vou mais lavar os pratos, 2016

Ai quanta saudade da mãe África
Da mãe de fartura e do seu colo enorme, quente e agradável
Da mãe cheia de doçura

Ai que saudades da mãe África
Da rainha-mãe corajosa, guerreira e onipotente
Estou com saudade ardendo no meu umbigo

Silêncio dolorido
Choro
Banzo d'além mar
Tudo em mim é lembrança
Da liberdade vivida em mares antes navegados
Com a minha mãe aprendi a andar sobre as águas profundas

Ai quanta melancolia nesta saudade pálida!
Escuta minha tristeza por tantos filhos bastardos
Que ainda não reconhecem a tua grandeza, mãe!

Oh, Mãe da divina providência
Escuta a minha voz africana em terras distantes
Traduz o meu grito incompreendido desta diáspora em terras colonizadas Grito kimbundu, kikongo e iorubá

Oh, Mãe poliglota do universo negro
Tu que alimenta o meu sangue e guia o meu espírito
Vai sempre à frente, cuida do meu coração

Preto no Branco

In: Só por hoje vou deixar meu cabelo em paz, 2014

Refletir a luz negra na cara de pau
de um país estrategicamente embranquecido
ocupar páginas em branco
com alguns escurecimentos necessários

Desenhar outros horizontes
em minhas vistas cansadas
da monotonia padronizada
da visão distorcida
provocada pela televisão

Preto no branco
procurar a inclusão de outros tons
diante da hegemonia dos estereótipos
desafiar o mito da democracia racial

Preto no branco
alimentar páginas em branco
com palavras negras
para refletir a nossa luz.

Fantasia

In: Só por hoje vou deixar meu cabelo em paz, 2014

Hoje acordei branca
Loira, olhos azuis
Na verdade nem levantei da cama
Porque segundo as estatísticas
As brancas ganham mais
As brancas vivem
Nem fui à entrevista de emprego
Porque como as brancas
Já estou empregada
Não fiquei horas diante do espelho
Meu cabelo era lindo por natureza
Aceita por todos
Sem distinção
Já que eu era padrão
Como branca, resolvi sair
O carro estava na garagem
Eu morava em um bairro de luxo
Resolvi ir ao shopping
Passear
Descobri que podia ganhar muitas cortesias nos shoppings
Um policial quis saber se eu precisava de alguma coisa
Sorriu
Eu gelei de medo
Ainda habitando pelo menos por dentro
O corpo negro perseguido
Escravizado
Tão sofrido
Senti na calçada e como branca
O que para espanto geral chorei
Causou emoção
Recebi ofertas de emprego

Pedidos de casamento
Propostas para ingresso na carreira de modelo
Um sem-fim de propostas
Ao fim do dia
Eu sabia que voltaria a ser a negra
Tive a imediata certeza
De que racismo não era filosofia
Não era não
Percebi desde o bom dia
Como a vida poderia ser diferente
Da que eu vivia.

Só por hoje vou deixar meu cabelo em paz

In: Só por hoje vou deixar meu cabelo em paz, 2014

Só por hoje
Só por hoje
Vou deixar o meu cabelo em paz
Durante 24 horas serei capaz
De tirar
Os óculos escuros modelo europeu que eu uso
Enfrentar a claridade
Só por hoje
Só por hoje
Durante 24 horas
Serei capaz
De contemplar o que sou
Só por hoje
Encarar a claridade
Sem as sedutoras lentes
Que nos ensinam
A desejar ser quem não somos
Só por hoje
Desafiar a claridade
Com os escurecimentos necessários
De um olhar
Só por hoje
Só por hoje
Vou deixar o meu cabelo em paz.

CRISTIANE SOBRAL

BIOGRAFIA

Cristiane Sobral nasceu em 1974, na zona oeste do Rio de Janeiro, e hoje mora em Brasília. Iniciou suas atividades artísticas em 1989, em um curso de teatro do SESC, no Rio de Janeiro. Em 1990, chega a Brasília e dá prosseguimento à sua carreira de artista, participando de grupos de teatro de escolas da cidade. É responsável pela montagem da peça *Acorda Brasil* e, aos 16 anos, ingressa na Universidade de Brasília (UNB), tornando-se a primeira atriz negra dessa universidade a se formar em Interpretação Teatral. Alguns anos depois, concluiu a Pós-Graduação em Educação, com ênfase no Ensino de Artes. A partir de 1999, Cristiane inicia uma nova fase, atuando em peças teatrais com predominância de temas sociais. Atuou na peça *Machadianas cenas cariocas*, protagonizou e concebeu os espetáculos *Uma boneca no lixo*, premiado em 1999, e *Dra. Sida*, premiado pelo Ministério da Saúde e nos três Ciclos de Dramaturgia Negra realizados em Brasília e Porto Alegre. No ano de 2000, Cristiane estreia a sua participação na coletânea *Cadernos Negros* (volume 23). Em 2005, contribui com um texto na publicação *O negro em versos*; em 2008, participa de duas antologias: *Cadernos Negros, três décadas: ensaios, poemas, contos* e *Cadernos Negros/ Black Notebooks*, edição bilíngue com volumes em prosa e poesia editada nos Estados Unidos. Em 2011, é convidada a participar da antologia crítica *Literatura e afrodescendência no Brasil*, compondo o grupo de 100 autoras e autores negros brasileiros dos séculos XVIII ao XXI. Em 2018, fez parte da coletânea *Encontros com a poesia do mundo*. A autora também assinou uma coluna sobre crítica teatral para a revista brasiliense *Tablado*. Durante os anos de 2003 e 2004, Cristiane Sobral se dedicou ao teatro, estrelando, escrevendo e produzindo peças.

Podemos dizer que Cristiane Sobral é uma multiartista. Sua primeira publicação individual foi lançada em 2010, *Não vou mais lavar os pratos*, título do livro e poema que até hoje é um dos mais celebrados pelo público. Em 2014, publica *Só por hoje vou deixar o meu cabelo em paz*, outro livro de poemas no qual retoma seu projeto de uma poesia afro-brasileira empenhada em tocar nas mazelas do racismo estrutural presente na sociedade brasileira. Essa mesma preocupação em articular questões de gênero e etnicidade está presente em seus livros *Espelhos, miradouros, dialéticas da percepção,* de 2014, e *O tapete voador,* de 2016. Em 2017, publica *Terra negra,* brindando seus leitores com mais um livro de poesias. No prefácio, a atriz e escritora Elisa Lucinda escreve: "tem cor esse livro, tem batuque na elegância rítmica deste falar tem uma *cadência cênica*". É também do ano de 2017 o livro de contos *O tapete voador*.

Cristiane Sobral foi finalista do prêmio Jabuti de Literatura em 2022. No ano seguinte representou o Brasil na Feira do Livro de Maputo, Moçambique, e foi ganhadora do Prêmio Sesc + Cultura. Seu espetáculo de teatro mais recente é *Esperando Zumbi*. Seu livro mais recente é *Caixa Preta*, uma coletânea de contos. Atualmente, Cristiane Sobral atua como coordenadora de Políticas Públicas no Ministério da Cultura.

BIBLIOGRAFIA DA AUTORA

Não vou mais lavar os pratos. Brasília: Editora Thesaurus, 2010; 4. ed. Rio de Janeiro: Malê, 2022. (Poesia)

Espelhos, miradouros, dialéticas da percepção. Brasília: Dulcina Editora, 2011. (Contos)

Só por hoje vou deixar o meu cabelo em paz. Brasília: Editora Teixeira, 2014. (Poesia)

O tapete voador. Rio de Janeiro: Editora Malê, 2016. (Contos)

Terra negra. Rio de Janeiro: Editora Malê, 2017. (Poesia)

Teatros negros: estéticas na cena teatral brasileira. São Paulo: Ed. Me Pariô Revolução, 2018.

Uma boneca no lixo. Belo Horizonte: Ed. Aquilombô, 2018. (Dramaturgia)

Dona dos ventos. São Paulo: Ed. Patuá, 2019. (Poesia)

Amar antes que amanheça. Rio de Janeiro: Editora Malê, 2021. (Contos)

Caixa Preta. São Paulo: Ed. Me Pariô Revolução, 2023. (Contos)

Coautoria

Tainá, a guardiã das flores, literatura para a infância, coautoria com Ayana Sobral, ilustrações NeMaria. BSB, 2018.

Antologias

O negro em versos: antologia da poesia negra brasileira. Org. e apresentação de Luiz Carlos dos Santos, Maria Galas e Ulisses Tavares. São Paulo: Ed. Moderna, 2005.

Pretumel de chama e gozo: antologia de poesia negro-brasileira erótica. São Paulo: Ed. Ciclo Contínuo, 2015.

A escritora afro-brasileira, ativismo e arte literária. Org. Dawn Duke. Minas Gerais: Ed. Nandyala, 2016.

Livre. Org. Beatriz Leal Craveiro. Brasília: Ed. Moinhos, 2018. (Contos)

Antologia de dramaturgia negra. Org. Júlio Ludemir e Eugênio Lima. São Paulo: Funarte, 2019.

Águas d›ilê. Org. Cristiane Sobral. Brasília: Ed. Aldeia de Palavras, 2020. (Contos)

Poetas negras brasileiras. Org. Jarid Arraes. São Paulo: Ed. Ferina, 2021.

O livro negro dos sentidos. Org. Angélica Ferrarez, Jurema Araújo, Fabiana Pereira. Rio de Janeiro: Ed. Mórula, 2021.

Amar pode ser perigoso. Org. Cristiane Sobral. Brasília: Ed. Aldeia de Palavras, 2021. (Poesia)

Cartas para a Esperança. Rio de Janeiro: Malê, 2022. (Livro de cartas)

Coronárias, mulheres escrevem a pandemia. São Paulo: Ed. Patuá, 2022. (Contos)

Pretos em Contos. Vol. 2. Org. Plínio Camillo e Cristiane Sobral. Brasília: Ed. Aldeia de Palavras, 2022. (Contos)

Correio amoroso: 20 cartas sobre paixões, encontros e despedidas. Org. Henrique Rodrigues. Rio de Janeiro: Ed. Oficina Raquel, 2022.

Pretos em Contos, jovem. São Paulo: Ed. Mondru, 2024. (Contos)

Cadernos Negros. Vols. 23-25, 29-33, 36, 38-40.

COMENTÁRIO CRÍTICO

Cristiane Sobral é uma multiartista, atriz, professora, escritora, poeta e todas essas formas de ser a constituem como uma mulher negra que tem como objetivo principal a excelência desde muito cedo em sua vida profissional e acadêmica. A temática sobre as questões sociais acompanha toda produção cultural da escritora, como forma de propor a reflexão, a denúncia e o conhecimento sobre as relações étnico-raciais no Brasil. Sua poesia apresenta a mulher negra em momentos de busca de sua independência e liberdade de expressão. Assim como muitas escritoras negras, Cristiane publicou seus textos de forma independente para depois publicar por editoras. Tem textos publicados nos *Cadernos Negros*, veiculação importante para divulgação da produção literária de autoria negra.

O teatro é outra forma de apresentar sua literatura, pois o corpo também escreve. As manifestações teatrais de Cristiane Sobral têm como tema as questões raciais vivenciadas pela grande maioria da população brasileira. A grande inspiração para seus textos, para a sua arte da escrita está em seu pai, um leitor assíduo, e em sua mãe, professora que sempre cobrava boas leituras da aluna/filha. Como ela disse em uma entrevista em 2006: "A arte traz em si o bojo de um grande poder e age como um importante instrumento de educação da sensibilidade". É como a teórica Leda Maria Martins escreve sobre o *corpo tela*, compreendendo os corpos, no caso do teatro, como políticos e com a função de apresentar/questionar através da interpretação a condição humana, no caso das peças escritas por Cristiane, questionar o racismo existente na sociedade brasileira. Para Leda Maria Martins, o corpo é "um acervo de um complexo de alusões e repertórios de estímulo e de argumentos, traduzindo certa geografia do corpo: o corpo pólis, o corpo das temporalidades [...], o corpo testemunha e de registros" (2021, p. 162).

REFERÊNCIAS

FENSKE, Elfi Kürten. Cristiane Sobral – Travessias e identidades negras nas artes. *In*: *Templo Cultural Delfos*, janeiro 2023. Disponível em: <https://cristianesobral.blogspot.com/>. Acesso em: 22 abr. 2024.

LITERAFRO. O portal da literatura afro-brasileira. *Cristiane Sobral*. Disponível em: <http://www.letras.ufmg.br/literafro/autoras/203-cristiane-sobral>. Acesso em: 20 abr. 2024.

MARTINS, Leda Maria. *Performances do tempo espiralar, poéticas do corpo tela*. Rio de Janeiro: Cobogó, 2021.

SOBRAL, Cristiane. Quem não se afirma não existe. Entrevista. *Estudos em Literatura Brasileira Contemporânea*. Ago. 2017. Disponível em: <https://www.scielo.br/j/elbc/a/7qKSfnvMPJqRrTPK73mpRhK>. Acesso em: 22 abr. 2024.

AUTORIA DO VERBETE

Cristina Gamino Gomes Tonial

ANA DOS SANTOS

Fonte: Arquivo pessoal da autora

As babás de branco

In: Pretessência, 2016

As babás pretas
cuidam bebês brancos.
As babás de branco
As babás são pretas
e usam uniformes brancos.
As babás de branco
Eu não brinco
com as babás de branco,
a vida delas
não é brincadeira!

Eu não estou sambando para ti

In: Poerotisa, 2019

Eu não estou sambando para ti!
Eu sambo porque quero.
Eu não estou sambando para ti!
Eu sambo porque gosto.
Eu não estou sambando para ti!
Eu sambo porque meu corpo samba
                                        meu corpo dança
                                        meu corpo negro!
Eu não estou sambando para ti!
Eu sambo o ano inteiro
e principalmente
no carnaval!

Eu não estou sambando para ti!
Eu sambo para os instrumentos.

Eu sambo de alegria
e sambo de lamento!

Eu sambo com o meu povo
meu povo em movimento
de África para o Brasil
sambo oceano e continente
sambo lágrima e suor
sambo mar e rio
e sambo contente!
E não para ti!

In: Poerotisa, 2019

A escrita
é minha salvação
É a justiça feita
pelas próprias mãos

Os homens que não amavam as mulheres

In: Pequenos grandes lábios negros, 2020

Os homens que não amavam as mulheres
diziam que amavam as mulheres
mas,
matavam as mulheres.
Sempre foi assim.
Mas,
nós não queremos mais morrer!
Eu já morri cem vezes,
arrastada pelos cabelos,
nas fogueiras da inquisição,
nos campos de concentração,
na escravidão da mulher negra.
Eu já morri mil vezes,
naquele aborto que não deu certo,
quer dizer,
naquele aborto que matou duas vidas
mas,
foi melhor assim!
Às vezes é melhor morrer mesmo.
Eu já morri um milhão de vezes.
Quando eu era criança,
um homem meteu a mão em mim,
no meio da rua.
Eu era criança,
mas eu morri!
Eu já morri um bilhão de vezes.
Eles disseram que eu era histérica,
me entupiram de remédios
e depois me estupraram,
um estupro coletivo,
quer dizer,

eu tinha bebido demais aquela noite,
não lembro,
acordei morta!
Os homens que não amavam as mulheres
diziam que amavam as mulheres
e que matavam as mulheres
por amor
por ciúmes
por rejeição
por inveja
por ódio
porque não aceitaram o fim da relação.
Você me amava???
E me matou?
Desculpa,
não deu tempo de agradecer!
Eu já morri um trilhão de vezes.
Quando você me deixou
em cárcere privado
e disse que era para o meu próprio bem!
No fundo daquele poço
Eu escrevi poemas
com lágrimas
com sangue
com fezes
nas paredes do meu útero
para sangrar tudo no final do mês!
Com as partes esquartejadas
de todos os homens que habitaram o meu corpo
Eu construí um homem só para mim
Esse homem sou eu!

Eu estou num relacionamento sério
comigo mesma
e vai ser bonito
vai durar
vai ser eterno
e eu nunca mais vou morrer!

Antes só, durante também, depois... talvez (balada da solidão)

In: Pequenos grandes lábios negros, 2020

Preta Suzana foi arrancada
de seu homem, de sua filha e de sua mãe
Depois foi jogada num porão
de um navio tumbeiro
e nem a boneca abayomi
preencheu sua solidão...
E desse buraco ancestral
nasceu a solidão
da mulher negra...
A mãe de Túlio
não pode amamentá-lo
Ao pai de Túlio
não pode amá-lo...
Seu corpo-trabalho,
seu corpo-objeto,
seu corpo talho
Maria Firmina
era autodidata,
Carolina também foi
Até escola a "maranhense" abriu,
sozinha,
e a mineira alcançou o estrelato,
sozinha...
De tanto nos negarem
companhia
nos resignamos à solidão
Não por renúncia,
mas por não haver opção!
Sempre preterida
Sempre rejeitada

Ela só queria
ser amada!
A última da fila
A que não tem par
pra dançar
nas festas juninas...
A única negra
está sempre
sozinha...
Na sala de aula
No quarto de despejo
Na cozinha da madame.
Base da pirâmide
é a primeira
a morrer no parto
antes do filho nascer,
morre, sozinha...
É a primeira
a enterrar os filhos,
sozinha...
É a que mais paga impostos
no Brasil
Mãe solteira
tem cor...
Antes só,
do que mal acompanhada,
mas eu queria tanto ser amada...
Durante o tempo
em que se relacionou com alguém
também estava sozinha...
Depois...
Talvez...
Quem sabe o fim dessa solidão?
Ninguém foi ao enterro

da sua ilusão!
"A solidão é fera
a solidão devora.
É amiga das horas
Prima irmã do tempo
E faz nossos relógios caminharem lentos
Causando um descompasso
No meu coração
A solidão dos astros
A solidão da lua
A solidão da noite
A solidão da rua..."

ANA DOS SANTOS
BIOGRAFIA

Ana dos Santos nasceu em 1975, em Porto Alegre (RS). É graduada em Letras – Português e Inglês, especialista em História e Cultura Afro-brasileira, mestre em Estudos Literários Aplicados e doutoranda na linha de pesquisa Pós-Colonialismo e Identidades do Programa de Pós-graduação em Letras da UFRGS. Em 2015, recebeu menção honrosa do Grupo Face de Ébano da Secretaria Adjunta do Povo Negro da Secretaria Municipal dos Direitos Humanos de Porto Alegre; em 2016 e 2018, recebeu menção honrosa do Prêmio Lila Ripoll da Assembleia Legislativa do Rio Grande do Sul.

É acadêmica da Academia de Letras do Brasil – Seccional-RS, ocupando a cadeira 100, com a patrona Lélia Gonzales. Faz parte do catálogo *Intelectuais negras visíveis* (UFRJ; Editora Malê, 2017). Ministra, desde 2016, a oficina de escrita criativa "Mulher negra, meu corpo, minha voz", com diversas edições em eventos como Feira do Livro de Alegrete (2017, SESC), Feira do Livro de Manoel Viana (2018, SESC), Centro Cultural da UFRGS (2019, Porto Alegre), Festival Internacional de Literatura de Gramado – Filigram (2022, Gramado), Griô – As sementes que vieram da África (Procultura – Viamão/Montenegro, 2022), entre outros.

Sua escrita transita pelos gêneros poesia, crônica, ensaio e, também, atua em competições de *slam* na cidade de Porto Alegre. Poetisa, professora de literatura e contadora de histórias, publicou em 2009 seu primeiro livro de poemas, *Flor*; em 2019, *Poerotisa,* finalista do prêmio Livro do Ano de Poesia da Associação Gaúcha de Escritores do Rio Grande do Sul e do prêmio Milton Pantaleão de Literatura Independente 2020. Em 2020, lançou seu terceiro livro de poemas, *Pequenos grandes lábios negros*, vencedor do prêmio Milton Pantaleão de Literatura Independente 2021 na categoria Poesia.

BIBLIOGRAFIA DA AUTORA

Flor. Portugal: Corpos Editora, 2009.

Poerotisa. Porto Alegre: Figura de Linguagem, 2019.

Pequenos grandes lábios negros. Belo Horizonte: Venas Abiertas, 2020.

Participações em antologias

Pretessência. Porto Alegre: Libretos, 2016.

Elas. São Paulo: Edições do Tietê, 2017.

Negras palavras gaúchas 2. Porto Alegre: Evangraf, 2018.

Revista Ovo da Ema 3. Porto Alegre: Escola de Poesia, 2018.

Raízes – Resgate ancestral. Belo Horizonte: Venas Abiertas, 2019.

Kutanga – Poesias. Salvador: Revista Òmnira, 2021.

Travessias de Amanaã. Porto Alegre: Libretos, 2021.

Sentimentos e razões 1 (2017) e 4 (2022). Porto Alegre: Alternativa.

Raízes – Brazilian Women Poets in Translation. Belo Horizonte: Venas Abiertas, 2022.

COMENTÁRIO CRÍTICO

Nome recorrente em suplementos culturais de periódicos da cidade de Porto Alegre, bem como em vídeos disponíveis em canais que abordam a escritura negra contemporânea, Ana dos Santos é reconhecida pelo debate acerca das experiências das mulheres, sobretudo, das mulheres negras. Os poemas da autora expõem os abusos sociais, em especial masculinos, para com as mulheres, como é possível notar em *Eu não estou sambando para ti*, no qual a poeta explora a sensualidade do corpo feminino sem cair na objetificação, muito pelo contrário: apresenta o empoderamento da mulher a partir do movimento do corpo no samba, um dos aportes culturais resultantes dos deslocamentos culturais África-Brasil. Já em *Os homens que não amavam as mulheres*, Ana dos Santos chama a atenção para o feminicídio que, segundo os observatórios brasileiros como o Fórum

Brasileiro de Segurança Pública, tem aumentado progressivamente com o passar dos anos. No poema *Antes só, durante também, depois... talvez (balada da solidão)*, os versos apresentam um diálogo com autoras como Maria Firmina dos Reis e Carolina Maria de Jesus, bem como com as personagens das obras, aproximando as mulheres ficcionais das realidades sociais vivenciadas desde o tráfico de escravizados às Américas até os dias de hoje. Lélia Gonzalez, em seu texto *Racismo e sexismo na cultura brasileira* ([1984], 2020, p. 76), afirma que "para nós o *racismo* se constitui como a *sintomática* que caracteriza a *neurose cultural brasileira*. Nesse sentido, veremos que sua articulação com o sexismo produz efeitos violentos sobre a mulher negra em particular", ponto que Ana dos Santos não deixa de tocar em sua produção poética. *As babás de branco* torna-se, portanto, um poema cada vez mais atual, visto que essas mulheres – negras – continuam sendo as responsáveis por cuidar das crianças – brancas – da casa-grande, deixando, muitas vezes, seus próprios filhos aos cuidados de outras pessoas.

A produção de Ana dos Santos se destaca pelos versos eróticos, escritos, conforme observa Maiara Alvarez (2021), sobre e sob um corpo de mulher negra que aborda a sexualidade ativa e insubmissa do corpo feminino. Para a poeta, sua atuação no movimento negro é através da poesia erótica. Alguns poemas registram observações acerca da prática da escrita como espaço de reflexão e debate, muitas vezes considerada como uma salvação por proporcionar que pessoas negras escrevam as suas histórias e as suas vivências, deixando de ser objetos para tornar-se sujeitos escritos com as próprias mãos.

REFERÊNCIAS

ALVAREZ, Maiara. Pequeno, grande e corajoso livro. *Literatura RS*. Disponível em: <https://literaturars.com.br/2021/02/18/maiara-alvarez-pequeno-grande-e-corajoso-livro/>. Acesso em: 25 set. 2023.

FLOR DO LÁCIO. *Poesia inculta e bela em língua portuguesa*. Disponível em: <http://anitamorango.blogspot.com/>. Acesso em: 25 set. 2023.

GERMINA. *Revista de Literatura & Arte*. *Ana dos Santos*. Disponível em: <https://www.germinaliteratura.com.br/2017/ana_dos_santos.htm>. Acesso em: 25 set. 2023.

GONZALEZ, Lélia. Racismo e sexismo na cultura brasileira. *In:* RIOS, F.; LIMA, M. *Por um feminismo afro-latino-americano*: ensaios, intervenções e diálogos. Rio de Janeiro: Zahar, 2020.

PORTAL LITERATURA RS. *Ana dos Santos*. Disponível em: <https://literaturars.com.br/tag/ana-dos-santos/>. Acesso em: 25 set. 2023.

SUL21 RECOMENDA. *Ana dos Santos*: A maneira que eu faço meu movimento negro é através da poesia erótica. Entrevista, 3 dez. 2023. Disponível em: <https://sul21.com.br/noticias/cultura/2023/12/ana-dos-santos-a-maneira-que-eu-faco-o-meu-movimento-negro-e-atraves-da-poesia-erotica/>. Acesso em: 13 jan. 2024.

AUTORIA DO VERBETE

Liliam Ramos

MARCELO MARTINS DA SILVA

Fonte: arquivo pessoal do autor

Dois goles de prosa

In: A matéria inacabada das coisas, 2020

Tomo café; o segundo
minhas pernas se descolam do corpo
Vou correr.
Uma breve nuvem me envolve, solitária.
Ouço pássaros, a treva adquirida.
Há algo sobrenatural em dizer,
em deixar cair o que vai dizer.

Meu olho lateja, quer abrir-se;
pétreo, puro.
Vou acompanhando revanches,
recolhendo-as entre moedas e pequenos goles.

Tigres de papel

In: A matéria inacabada das coisas, 2020

Devolver o barulho à palavra
Ao tempo presente
Devolver a guerra às preces
A palavra à pedra
Devolver o futuro ao esquecimento
Destituí-lo
Trazer os dentes para dentro do mundo
Moê-lo
Devolver o barulho à rua
Aos mortos a saudade
Tudo que já não é
Devolver à vida a derrota
Negar ao descanso nossos corpos
Negar o armistício
Negar o fim do barulho
Fim do poema
A palavra
Devolvê-la aos tigres

Poema da terra

In: O que carrego no ventre, 2019

Os cabelos derramados em círculos
entrelaçando nossos pulsos
como se maio e o mundo inteiro
coubesse no hálito da manhã
na passagem do verbo à carne
nessa palavra inventada por nós
que dormimos enquanto chove.

Em meu peito, tua cabeça arde.

Hábraços

In: O que carrego no ventre, 2019

Quando me abraçam
abraçam parte do que carrego
as lembranças inventadas
o esquecimento em minha camisa velha

Abraçam profundezas
minha consciência de classe
o proletariado negro
o medo do câncer, meu sexo
todas as impurezas que respiro e escrevo

Tenho sonhos, muitas palavras
a isso também abraçam
o monstruoso oceano
e os livros
agora equilibrados na estante
entre o cupim e a poeira

Abraçam minha pobreza
e eu os abraço de volta
o rosto encostado na face que se oferece
os olhos fechados dentro da noite
e eu os levo comigo
como os filhos que não tenho

1888

In: A matéria inacabada das coisas, 2020

Oitenta e oito tiros
Matam há oitenta e oito anos
Mais de oitenta e oito milhões de negros
Dos oito aos oitenta
Todos os dias do ano
Acontece
Há séculos acontece

Verde que te quero

In: A matéria inacabada das coisas, 2020

Solitariamente, entre grades
viva, verde
em folhas, sobra virgem
no pátio carcomido de sol.
A grama a ninguém dando leito
os homens cá fora
em velocidade
ante a luz incontida do mundo.
As árvores são fáceis de achar
os homens sem raízes
desaparecem.

MARCELO MARTINS DA SILVA

BIOGRAFIA

Marcelo Martins da Silva nasceu em Porto Alegre, é poeta e professor de Língua Portuguesa e Literatura. Criador da oficina "A poesia é um atentado celeste", tem contos publicados em revistas como *Rusga, Subversa, Mallarmargens,* entre outras. No ano de 2015, participou da coletânea de poesia *Cantos Seletos*, da Editora Literacidade. Em 2019, lançou o livro de poesias *O que carrego no ventre*, pela Editora Figura de Linguagem, e fez parte da programação da Festipoa, sendo também um dos idealizadores e apresentadores do Cafuné com Mandinga, *podcast* de poesia. Em 2020, foi finalista do Prêmio AGES, livro do ano na categoria poesia, e lançou o livro *A matéria inacabada das coisas*, pela Editora Diadorim. Em 2021, publicou na *Revista Parênteses*, a novela *Mil manhãs semelhantes*.

BIBLIOGRAFIA DO AUTOR

O que carrego no ventre. Porto Alegre: Figura de Linguagem, 2019.

A matéria inacabada das coisas. Porto Alegre: Editora Diadorim, 2020.

COMENTÁRIO CRÍTICO

A poesia de Marcelo Martins, em uma primeira leitura, nos parece ter uma estrutura simples na construção da estrofe, na forma, mas ao lermos novamente, nos remete ao lírico que algumas cenas cotidianas apresentam. Assim como também o poeta aborda temas sociais que fazem parte de sua vida e cotidiano de um homem negro brasileiro. A sua poesia não escapa desses temas como forma de apresentar o racismo diário, a reparação necessária. Marcelo faz assim, através da poesia, a sua interpretação sobre esses temas. Em suas poesias também podemos identificar alguma melancolia utilizando metáforas como o mar, para escrever sobre temas como a dor ou a partida de alguém próximo. Assim como também em sua poesia há a reivindicação da palavra para quem é direito. Em Tigres de papel, Marcelo reivindica:

Devolver o barulho à palavra
Ao tempo presente
Desenterrá-la dos dentes
(...)
Trazer os dentes para dentro do mundo
Moê-lo
Devolver o barulho à rua
Aos mortos, a saudade
(...)
Negar o fim do barulho
Fim do poema
A palavra
Devolvê-la aos tigres

Devolver a palavra aos que não tinham direito a fala é reinvindicação em debate, escrever, publicar, ser reconhecido como escritor, para pessoas negras é devolver a palavra roubada com a escravidão.

Em Verde, o autor chama a atenção para a urgência que a vida moderna cotidiana nos demanda, mas que nem sempre é necessária, não nos deixando observar as árvores que perduram mais que o tempo dos homens na terra. No poema Mallarmargens, o poeta faz referência ao poeta francês, Stéphane Mallarmé(1842-1898), que com sua poesia, provocou uma renovação na poesia, com a utilização de símbolos e musicalidade. A poesia de Marcelo podemos identificar símbolos, como no poema Tigres de papel, Mallarmargens.

Sobre o processo de criação, Marcelo relatou em uma entrevista que "ainda" usa caneta e bloco de anotações e só depois passa para o computador. Podemos identificar um processo de certo " descanso" dos versos, quando o autor passa o poema para o computador. Assim pode, quem sabe, realizar alguma alteração ainda. Marcelo Martins, possui um blog para divulgação de suas poesias e utiliza também as redes sociais como Facebook e Instagram, redes essas de amplo acesso da população e uma das formas de divulgar seu trabalho. É um autor de poesia que interpreta o cotidiano e com isso, registra um momento da vida cotidiana da atualidade.

REFERÊNCIAS

Desalinhado – Blog de Marcelo Martins Silva - https://desalinhadopensamento.blogspot.com/%20 - acessado em 24/4/2024.

Revista Arara: https://ararарevista.com/o-que-carrego-no-ventre-de-marcelo-martins-silva/acessado em 24/04/2024

Revista Sepé - https://revistasepe.art.br/2021/06/23/5-poemas-de-marcelo-martins-silva/acessado em

SANTOS, Leonardo – A voz do Morro. O QUE CARREGO NO VENTRE - Entrevista com Marcelo Silva. YouTube, 21 de fev. de 2019. Disponível em: https://youtu.be/v1QO9tskYnw?si=Xwz7wpIK0ODKxojz

Vitor Diel – Edição de Jornais – LiteraturaRS, Porto Alegre;19 de janeiro de 202; (Minha rotina: Marcelo Martins Silva – Literatura RS); acessado em . https://literaturars.com.br/2021/01/19/minha-rotina-marcelo-martins-silva/; acessado em 24/4/2024.

AUTORIA DO VERBETE

Cristina Gamino Gomes Tonial

MEL ADÚN

Fonte: arquivo pessoal da autora.

vou-me embora para Oshogbo

In: Quantas tantas, 2021

vou-me embora pra Oshogbo
lá sou filha da rainha
me deitarei só com quem eu quiser
só se for vontade minha

vou-me embora pra Oshogbo

vou-me embora pra Oshogbo
lá vou ser feliz
não terei que me relacionar
com homens de qualquer lugar
espanha, estados unidos, paris

só se for vontade minha,
esbaldar-me com desconhecidos
e na hora que eu disser, para,
o tempo da festa acabou

os guardas reais entram no quarto
e levam o que sobrou,
de testosteronas na zona
do que eu, somente eu,
chamar de amor.

nascimento

In: Quantas tantas, 2021

eu, atlântica que sou,
em cada metro
solar que arde em mim
– minhas terras abundantes
não podem ser medidas em inches –
respiro pela primeira vez
novamente os ares de cá
testemunhas de vidas
e mortes diaspóricas

eu, atlântica na dor,
dos que vivem as incertezas leais,
com os pés no pacífico,
águas geladas,
sussurros e rastros
ancestrais

eu, atlântica que sou,
com o sol em leão,
lua em touro,
fogo e água;
uma égua no mundo chinês.

gaivotas espiam
essa nova missão
blindfolded eu sigo
atlântica que sou
foi assim que aprendi
das fontes bebidas,
lélias, bairros, gamas, limeiras

em Tempo
firmo os pés no chão
pacífica jamais serei
eu, beatrice,
atlântica que sou.

genealogia

In: Quantas tantas, 2021

quando era pequenininha
e gostava de princesas
sabia que os cabelos das futuras rainhas
passariam da cintura.
imaginem a frustração,
com um cabelo que não dobrava
a esquina do ombro,
e nem sequer dançava
com a chegada do vento.

quando era pequena
e gostava de princesas
ficava horas com a toalha na cabeça
servindo de peruca para matar a vontade.
quem é mulher preta sabe
a sensação que uma simples toalha proporcionava.

confiando nos contos de fadas,
todas as noites antes de dormir eram cem escovadas.
como doía escovar o cabelo seco.
no dia seguinte... nenhuma novidade,
amanhecia com o mesmo comprimento.
não de princesas. não de rainhas.
o que, então, seria?

quando era pequenina
e gostava de princesas
sabia que o cabelo das futuras rainhas
em nada se parecia com o seu.

não existiam nos livros de história,
ou mesmo nos ilustrados,
as princesas e rainhas que só mais tarde conheceu.
aquelas cujos cabelos cresciam para o alto
mirando alcançar o céu
ou se embolavam construindo tranças.
majestosas.

quando era pequenininha
e não se via princesa,
não sabia que vinha de uma linhagem de rainhas
de cabelos carapinhas.
assim como o seu. assim como o meu.

oshedudu e macaxeira

In: Quantas tantas, 2021

inside meu quilombo
tem pé de aroeira bells
aipim palha de bananeira
oshedudu e macaxeira

dentro de my home
candles elétricas iluminam caminhos
cowrie shells milho branco
o palm e o oil em si

and there eu bato cabeça
ask the Nkisses malembe
bato paô, pray for proteção
my house, minha embarcação.

MEL ADÚN
BIOGRAFIA

Paula Melissa Alves, cujo nome artístico é Mel Adún, nasceu em Washington D.C., em 1978, em um momento difícil para a sociedade brasileira, que vivia os horrores da ditadura militar no país. Após a redemocratização, seus pais, que fugiam da ditadura, puderam retornar a Salvador (BA). Nesse retorno, o movimento *black power* estadunidense acompanha a família, que sempre esteve envolvida com arte e cultura. Mel Adún é jornalista, fotógrafa, especialista em roteiro para televisão e vídeo, mestre em Literatura e Cultura pela Universidade Federal da Bahia e doutoranda em Literatura e Cultura pela Universidade do Kentucky. É cofundadora da Editora Ogum's Toques Negros, sediada em Salvador, em conjunto com seu companheiro, o escritor Guellwaar Adún. Segundo o Portal Literafro, é fundadora e idealizadora do programa *Tobossis virando a mesa*, um *webtv* feito por e para mulheres negras.

A escritora também escreve contos e tem publicado com regularidade na série *Cadernos Negros*. Outro espaço que vem sendo ocupado pela escritora é a literatura infantojuvenil: é autora de *A lua cheia de vento* (2015) e *Adumbi* (2016). Também publicou o livro de contos *Peixe fora da Baía* (2021) e o livro *Quantas tantas* (2021), uma coletânea com poemas inéditos e revisados. Elaborou o texto introdutório de *Água negra e outras águas* (2021), de Lívia Natália. Faz parte do Coletivo Toques Negros de Ogum e coordena o Kilomba – Coletivo de mulheres negras brasileiras. Organizou as antologias *Ogum's toques negros* (2015) e *Quilombellas amefricanas* (2021).

BIBLIOGRAFIA DA AUTORA

A lua cheia de vento. Salvador: Ogum's Toques Negros, 2015. (Infantil)

Adumbi. Salvador: Ogum's Toques Negros, 2016. (Infantil)

Quantas tantas. Salvador: Editora Ogum's, 2021. (Poesia)

Peixe fora da Baía. Salvador: Editora Ogum's, 2021. (Contos)

Publicações em antologias

Cadernos Negros n. 29, 30, 31, 32, 33, 34, 35, 37. Organização de Esmeralda Ribeiro e Márcio Barbosa. São Paulo: Quilombhoje.

Cadernos Negros – Três décadas. Organização de Esmeralda Ribeiro e Márcio Barbosa. São Paulo: Quilombhoje; Brasília: Seppir, 2008.

Contos afros. Organização de Márcio Barbosa. São Paulo: Quilombhoje, 2009.

Pretumel de chama e gozo: antologia de poesia negro-brasileira erótica. Organização de Cuti e Akins Kintê. São Paulo: Ciclo Contínuo, 2015.

Ogum's toques negros: coletânea poética. Organização de Mel Adún, Guellwaar Adún e Alex Ratts. Salvador: Editora Ogum's Toques Negros, 2014; 2. ed. Salvador: Editora Ogum's Toques Negros, 2015.

Quilombo: Cartografía/Autoría negra/Brasil. Organização de Lucía Tennina. Buenos Aires: Tinta Limón, 2019.

Quilombellas amefricanas – Coletânea poética. vol. 1. Organização de Mel Adún, Ana Rita Santiago e Claudia Santos. Salvador: Editora Ogum's Toques, 2021.

Quilombellas amefricanas – Coletânea poética. vol. 2. Organização de Mel Adún, Ana Rita Santiago e Claudia Santos. Salvador: Editora Ogum's Toques, 2021.

COMENTÁRIO CRÍTICO

Em entrevista publicada na revista *Estudos de Literatura Brasileira Contemporânea*, Mel Adún relata que os temas que a instigam a escrever são "os temas do mundo": casos e histórias ouvidas se transformam em material poético. Como se trata de uma escritora que ocupa um corpo negro, inevitavelmente, os temas giram em torno das vivências de mulheres negras. Quando questionada sobre o que o corpo significa em sua produção, responde que seu corpo é o seu lugar de fala, a fala de uma mulher negra completa, com desejos, medos, alegrias e frustrações. Nesse sentido, suas produções dialogam com pensamentos de poetas e intelectuais negras brasileiras e estadunidenses, sendo estas bastante próximas às suas vivências de mulher negra nascida nos Estados Unidos. Mel Adún, para Andrade e Vicente (2018, p. 115),

> transfigura poeticamente suas experiências de mulher negra ao instaurar um sujeito enunciador que salienta vivências tanto com o racismo quanto com o machismo, sempre em chave que ecoa uma voz simultaneamente pessoal e coletiva através de um eu poético que se mostra aguerrido e disposto a questionar e combater essas opressões, fazendo desta poesia ferramenta política e conscientizadora [...].

Embora grande parte das publicações de Mel Adún destaquem temáticas atinentes às mulheres negras, como, por exemplo, memória, ancestralidade e coletividade, entendemos que a poeta apresenta uma característica inovadora na poesia de autoria negra brasileira. Alguns dos poemas selecionados para esta antologia trazem o plurilinguismo de um corpo que vive entre línguas (MOLLOY, 2016): além das línguas colonizadoras português e inglês, termos africanos já enraizados em nosso pretuguês (GONZALEZ, 1988) fazem dos poemas de Mel Adún uma miscelânea cultural cuja amefricanidade desponta como fio condutor da produção poética.

O movimento de mulheres latinas nos EUA tem produzido reflexões interessantes a partir do *spanglish*, o que denota uma recusa da tradução de termos do espanhol ao inglês como forma de afirmação do pertencimento e da identidade. Obras como *Borderlands/La Frontera: the New Mestiza* (2012), da chicana Gloria Anzaldúa, retoma o conceito de fronteira como espaço geográfico para redefinir seu lugar de resistência identitária e posicionamento político, ressignificando a fronteira geográfica que limita e exclui para conceber uma cartografia feminista e invocar um feminismo mais inclusivo.

Mel Adún, no primeiro poema, *nascimento*, apresenta uma voz poética que se coloca nesse lugar de transição: “eu, atlântica que sou”, movimentando-se entre América do Norte, do Sul e África. Neste entre-lugar, cabem poemas escritos em português, sua língua materna, com termos, ideias ou palavras em inglês, sua língua de acolhimento, e também em iorubá, sua língua ancestral, possibilitando o trânsito linguístico como na primeira estrofe do poema "oshedudu e macaxeira": "inside meu quilombo/tem pé de aroeira bells/aipim palha de bananeira/oshedudu e macaxeira". Nota-se, portanto, a mobilidade da poeta transformada em matéria poética.

REFERÊNCIAS

ANDRADE, R. G.; VICENTE, A. L. Considerações sobre a poética afrofeminina de Mel Adún: afetividade, erotismo, emancipação feminina e misticismo. *In: Travessias*, Cascavel, v. 12, n. 1, 2018. Disponível em: <https://e-revista.unioeste.br/index.php/travessias/article/view/19102>. Acesso em: 24 abr. 2024.

ANZALDÚA, Gloria. *Borderlands/La Frontera: the New Mestiza*. Aunt Lute Books, 2012.

LITERAFRO. O portal da literatura afro-brasileira. *Mel Adún*. 12 jan. 2022. Disponível em: <http://www.letras.ufmg.br/literafro/autoras/325-mel-adun>. Acesso em: 14 abr. 2024.

MEL ADÚN. Minha escrita começa sempre do nós. *Estudos de Literatura Brasileira Contemporânea*. Ago. 2017. Disponível em: <https://www.scielo.br/j/elbc/a/LJmhY5jsKHQ7cNtjN437s3K/>. Acesso em: 24 abr. 2024.

MOLLOY, Sylvia. *Viver entre línguas*. Tradução de Julia Tomasini e Mariana Sanchez. Belo Horizonte: Relicário, 2018.

AUTORIA DO VERBETE

Liliam Ramos

LÍVIA NATÁLIA

Fonte: Lívia Natalia.

Osun Janaína

In: Água negra e outras águas, 2016

Descobri que, para mim,
ser mulher basta.
Para puxar véus,
levantar saias,
pintar as unhas de vermelho feroz –
mesmo que seja só para depois dizer: para.

Ou para ver a dança des-contínua do seu corpo
sobre o meu (o meu oposto)
pelo espelho que se emancipa
das paredes deste quarto
e desta tarde delicada.

Mas sempre ser mulher basta:
Posto que é inteiro e vão,
onda que bate na pedra e se despedaça
apenas para voltar inteira
– afogada –
num mar de (in)diferenças
onde cada gota solitária e única
forma um discurso descomposto,
cambiante,
plural:
Mesmo quando me atiro sobre esta pedra,
que me rechaça.

Asé

In: Água negra e outras águas, 2016

Sou uma árvore de tronco grosso.
Minha raiz é forte,
nodosa,
originária,
betumosa como a noite.

O sangue,
ejé que corre caudaloso,
lava o mundo e alimenta
o ventre poderoso de meus Orixás.
A cada um deles dou de comer
um grânulo vivo do que sou
com uma fé escura.
(Borrão na escrita do deus de olhos docemente azuis).

Minha fé é negra,
e minha alma enegrece a terra
no ilá
que de minha boca escapa.

Sou uma árvore negra de raiz nodosa.
Sou um rio de profundidade limosa e calma.
Sou a seta e seu alcance antes do grito.
E mais o fogo, o sal das águas, a tempestade
e o ferro das armas.

E ainda luto em horas de sol obtuso
nas encruzilhadas.

Aguidavi

In: Sobejos do Mar, 2017

> "Só acredito num Deus que dance."
> *Friedrich Nietzsche*

Se é por ela que se des/faz o invisível
e a terra se preenche de gestos ancestrais.
Se os atabaques se deitam silentes
com seus Oris de couro saciados de Ejé.
E se, quando dançam, as divindades reverenciam
a força da sua presença,
até o descrente se convence de que
a música é uma espécie de Orixá.

111 tiros, 111 presos, 111 negros

In: Em face dos últimos acontecimentos, 2022

> *"Porque os presos são quase todos pretos"*
> *Trecho da canção Haiti, de Caetano Veloso e Gilberto Gil*

Amanhã, uma bala perdida atingirá meu peito.
Serei apenas outra negra perdida
ante a bala encontrada.
Da viatura, gritarão que transportávamos droga,
que atiramos com armamento pesado,
reagimos e tombamos
como do Dantesco tombadilho.
Sobre nossos corpos, as moscas e os urubus –
de casaca e microfone à boca –
enlouquecem, dançando em espirais.

Que mais fazer deste corpo calado?
Deste golpe violento na cara?
Como sanar, na ferida, o sangue?
Há como calar com esta bebida amarga
tragando o paladar?

Reagimos, sim!
Desobedecemos;
uma mulher me confundiu com a empregada
me apontando o elevador,
eu a matei.
Meu irmão foi perseguido no mercado pelo segurança,
e suas mãos se demoraram sobre a carne branca,
até estilhaçar sua humanidade.

Os meninos que malinam na rua invadiram as casas e mataram as sinhazinhas.

Não houve jeito.
Precisamos reagir.
Se a casa-grande nos deve até a alma,
que comecem os jogos, que paguem com o que se paga:
E ei de escolher minhas peças pelos dentes.

Frutos estranhos

In: Sobejos do Mar, 2017

Southern trees bear a strange fruit
Blood on the leaves and blood at the root
Black bodies swinging in the southern breeze
Strange fruit hanging from the poplar trees.

Strange fruit, canção interpretada por Billy Holiday.

No tempo possível,
talvez na chegada da noite enlutada
os frutos estranhos serão colhidos.

Alguém romperá o talo desnatural
que lhes enlaça o pescoço
e lhes suspende como frutos negros,
estranhos,
à beira da clara estrada.

Alguém enterrará fundo os frutos: sete palmos cantados
num aleluia que abre as portas do céu
como quem mostra o caminho secreto
para o quilombo possível.

No ventre terroso e úmido de breu,
os frutos estranhos criaram raízes enormes
e cresceram altivos, como árvores brutas
que à noite entoam lamentos e juram voltar
numa revoada de violentos fantasmas.

LÍVIA NATÁLIA

BIOGRAFIA

Lívia Natália nasceu em Salvador, Bahia, em 1979. É graduada em Letras, mestre e doutora em estudos de teorias e representações literárias e culturais pela UFBA e pós-doutora em Literatura Brasileira pela UNB. É professora associada do setor de Teoria da Literatura da UFBA e pesquisa as literaturas negras e a decolonialidade. Como docente acadêmica, possui expressiva bibliografia publicada em livros e coordena grupos de pesquisa ligados aos estudos das literaturas negras de mulheres no Brasil e nos Países Africanos de Língua Oficial Portuguesa – Palop. Como obras individuais de poesia, publicou *Água negra* (2011), *Correntezas e outros estudos marinhos* (2015), *Água negra e outras águas* (2016), *Dia bonito para chover* e *Sobejos do mar* (2017) e *Em face dos últimos acontecimentos* (2022), este último, inspirado na ocorrência das eleições de 2018 e da pandemia que assolou o mundo em 2020. Também publicou a obra infantojuvenil *As férias fantásticas de Lili* (2018).

Um fato relevante sobre a produção poética da autora foi a censura ao poema *Quadrilha*, publicado em *Correntezas e outros estudos marinhos*: o *outdoor* exposto na cidade de Itabuna (BA), em 2016, previsto para permanecer por seis meses, ficou apenas quatro dias e foi retirado. Os versos do poema, "Maria não amava João./ Apenas idolatrava seus pés escuros./ Quando João morreu/ assassinado pela PM,/ Maria guardou todos os seus sapatos", foram motivados pelo episódio em que doze pessoas foram assassinadas pela Polícia Militar no bairro Cabula, em Salvador, e os nove policiais acusados foram absolvidos pela justiça, que alegou legítima defesa. Tal fato demonstra o longo caminho que o país tem a percorrer na luta contra o extermínio da população negra.

BIBLIOGRAFIA DA AUTORA

Em face dos últimos acontecimentos. Ilustrações de Fernando Oberlaender. Salvador: Caramurê Publicações, 2022.

Dia bonito para chover. Rio de Janeiro: Malê, 2017.

Sobejos do mar. Ilustração de Fernando Oberlaender. Salvador: EPP; Caramurê Publicações, 2017.

Água negra e outras águas. Edição ampliada. Organização e ilustração de Fernando Oberlaender. Salvador: EPP, 2016.

Correntezas e outros estudos marinhos. Salvador: Ogum's Toques Negros, 2015.

Água negra. Salvador: EPP, 2011.

Publicações em antologias

Coletânea de Literatura Feminina Negra Louva Deusas. Organização de Louva Deusas. São Paulo: [s.e.], 2012.

Ogum's toques negros: coletânea poética. Organização de Guellwaar Adún, Mel Adún e Alex Ratts. Salvador: Ogum's Toques Negros, 2014.

Revista Palmares. Brasília, Ano X, v. 8, n. 1, p. 85-86, nov. 2014.

Quilombo: Cartografía/Autoría negra/Brasil. Organização de Lucía Tennina. Buenos Aires: Tinta Limón, 2019.

COMENTÁRIO CRÍTICO

Segundo a poeta, que mantém o *blog* Outras Águas, a metáfora da água perpassa a sua produção poética, comprovada nos títulos de grande parte de seus livros: "como boa filha de Osun, me criei nas dunas no Abaeté e, alimentada por Iemanjá, muito me banhei na poética praia de Itapuã". O uso da água como *topos* literário é uma ligação forte que a autora possui com o líquido, fluido e volátil, vital para a existência humana, mas que também pode causar destruição. De acordo com Mel Adún, no prefácio de *Água negra* (2011), "a escrita de Lívia é 'das delicadezas', uma escrita de saia rodada, feminina e afiada. Ela carrega um abebe e um ofá e baila tanto ao som do agueré quanto o ijexá. Com sua voz macia, porém, firme nos guia por céus estrelados e nos deságua no colo de Orixás Omi". Temáticas que apresentam questões graves como a solidão da mulher negra, perseguições às populações vulneráveis, racismo e violência se imbricam na utilização da mitologia greco-romana unida a dos orixás africanos como recurso estético, proporcionando ao público leitor regozijar-se em jogos metafóricos e polifônicos, características essenciais da poesia. Dessa forma, Lívia Natália mantém seu ativismo político em um corpo de mulher negra sem se desvirtuar da linguagem poética, visto que, de acordo com Nunes, Freitas e Prado (2018, p. 335), "a biografia tem sido usada como ferramenta para desqualificar a obra literária de escritores(as) negros(as). Já para escritores hegemônicos, brancos, a biografia tem sido utilizada para intensificar os significados de suas obras literárias".

A pesquisadora Heleine Fernandes de Souza (2020), em estudo sobre as poetas Conceição Evaristo, Tatiana Nascimento e Lívia Natália, aponta que as poetas assumem o lugar de intelectuais sem deixar de estarem aliadas ao compromisso com a comunidade negra. Em entrevista para o Portal Geledés, Lívia Natália afirma que sua poesia segue uma lógica estética branca, visto que esta foi a sua formação enquanto leitora e professora, e que não se sente desconfortável ao acionar tais referências de leitura, mas que propõe um jogo duplo às pessoas leitoras que leem dentro de uma estética etnocêntrica que imerge em um corpo discursivo negro. A poesia de Lívia Natália, além de expressar com ternura e sensibilidade as emoções femininas, também apresenta um importante posicionamento político diante das desigualdades sociais e étnico-raciais ainda tão profundas na sociedade brasileira.

REFERÊNCIAS

ADÚN, Mel. Prefácio. *Água negra*. Salvador: EPP, 2011.

ALMIRANTE, Juliana. Escritora diz ter sofrido "censura" em poema sobre morte de negro pela PM. *Portal G1*. 21 jan. 2016. Disponível em: < https://g1.globo.com/bahia/noticia/2016/01/escritora-diz-ter-sofrido-censura-em-poema-sobre-morte-de-negro-pela-pm.html>. Acesso em: 27 set. 2023.

NATÁLIA, Lívia. *Outras águas*. Disponível em: <http://outrasaguas.blogspot.com/>. Acesso em: 27 set. 2023.

NUNES, Davi; FREITAS, Ricardo; PRADO, Thiago. Dia bonito para chover: escrita negra e poética da interpretação em Lívia Natália. *Revista Crioula*, n. 21, p. 324-347, 2018.

SOUZA, Heleine Fernandes de. *A poesia negra-feminina de Conceição Evaristo, Lívia Natália e Tatiana Nascimento*. Rio de Janeiro: Malê, 2020.

AUTORIA DO VERBETE

Liliam Ramos

TATIANA NASCIMENTO

Fonte: foto de Tatiana Nascimento

“Racismo reverso” é um delírio da branquitude colonial

In: https://palavrapreta.wordpress.com/2020/05/29/racismoreverso/, 2020

y vocês adorariam
que a gente
simplesmente odiasse vocês
tacasse fogo em vocês
violasse vocês
escravizasse
seu passado
colonizasse
seu futuro
aniquilasse
seu presente
reinventasse as naus,
espaciais dessa vez,
pra invadir
sequestrar
traficar y
explorar
até a morte
até o sexo
até a alma
até o divino
até a falta de ar
de vocês
y chamasse seu deus
de errado
y chamasse seu corpo
de feio
y seu pensamento
de primitivo
y sua família

de selvagem
vocês iam adorar
que a gente simplesmente
oprimisse y odiasse vocês como
vocês nos oprimiram y odiaram
(nos oprimem, nos odeiam)
porque aí ia parecer que foi só
coincidência
seleção natural
a lei do mais forte
y não um projeto de supremacia racial
calcado em pilares de grana,
heterocisnorma, "fé" de
uma seita
hegemônica
;
porque aí ia parecer que vocês
nos catequizaram tanto que
não nos restaria mais
nada a não ser
ser
como
vocês
(mas nosso espelho
se chama Abebe
y vida plena
sempre foi
o nosso forte
essas políticas
de morte são a
tradução de vcs).

In: lundu, poemas, 2018

diz/faço qualquer trabalho, y m/eu amor de volta
todo dia
quizila contenção quebranto
forca / camisa de força / sexo à força
fórceps. ou
cesárea
(sem-injeção)
interrupção
a serviço do patrão
(pra filha dele tem legalização)
basta
rdo
mar pa
rdo
(pra gente é)
negação
disjunção
retenção no complexo de
contenção quizila quebranto com
tensão
com
pleição
cor:
tição
ferrão
marcadura
queimadura
pele borbulha
raça impura
ferradura
mula. a cavalo dado não se olha
dentadura

dentição
dente de leite
ama de leite
amarelo-azeite
azeite… dendezeiro… deleite:
farofa, ebó, padê!
(tô falando de cocaína não tá?) Laroyê,
midádicumê?
chuta não
que eh macumba
eh o quê? enfeite?
eh seita? aceite:
neh enredo não
neh folclore não
nem eh possessão,
eh religião.
uma ala no sambódromo
basta
ria? tava bom pra catarse
do delírio coletivo?
eh primitivo? eh
feitiçaria?
(cabia num capítulo da tua tese na antropologia?)
fantasia: carnaval carniçal
bambuzal
urubuzal
filial da sucursal
do inferno colonial "eu vim
porque me roubaram"
me venderam porque
me compraram
me doeram
dor… arran
caram

dor
mares de banzo
navegaram
dor
(y superamos!)
me odiaram
dó?
chi co tea ram
atearam fogo? também
no terreiro de iaiá.
sopra um vento, Oyá,
que livrai-nos do mal do
esquecimento
de quem?
os santos malditos diriam
amém?
rindo por dentro
fingindo
espanto? quebranto... quizila...
Ifá, com você,
eu vim do mar
do amar
gor eu podia saber de cor
a dor
me chamar de errante
me ceder ao feitor
eu podia ser só
matéria turva
memória podrejante em rio-curva
mas mais:
sou carne crua
línguafiada
mente assentada
y pele... pele! agô,

minha
Pele: tu, es-
cura
alimenta de um tanto minhas fun
dura...quebranto… quizila? banzo.
quelê / acalanto / roncó / irê:
Orí forte > plexo convexo >
Ofá rumo:
sorte
calmaria
tecnologia ancestral
e força
(que) axé, princípio vital fim y meio,
é força
é que de onde que eu vim é assim: cê deita a cab
eça bem pra trás y parece que tudo é só azul
de beira a beira [v. 9]

Taipa (o big bang do criacionismo)

In: Um ebó di boca y otros (silêncios), 2023

curar não significa nunca mais
vai doer,
feliz não significa nunca mais
vai chorar
ser forte não é rigidez
(aquebrantável; tem alguma coisa,
na fragilidade, pra se
aprender)
matéria é uma casa que habita a gente no
finito da jornada. mesmo que cimento
prometa eternidades, é de mariô y
barro a lembrança da acolhida
(palha, ou clorofila morrida, y
tecnologia de terra muito molhada
que a primeira deusa, velha, lenta, macerou)
perfeição é o nome de um deus:
botamos pra morar na nossa
falha. a gente é nada mais
que poeira das colisões estelares,
a gente, poeira de toque e o
dissolver as estrelas:
um registro do fim
um pedaço do nada
um silêncio de vácuo
a memória do brilho, do
brilho
y saudade
do infinito.
[é Tempo quem tudo faz] sangrado rosa
no funfun sagrado,
Onira pe(r)de o agô

do Velho y si des
(d)enha paz
[y diz
faz] ___

TATIANA NASCIMENTO

BIOGRAFIA

Tatiana Nascimento é poeta, cantora, compositora e tradutora. Nasceu em Brasília, em 1981, onde fez sua graduação. Tem mestrado e doutorado em Tradução pela Universidade Federal de Santa Catarina. É professora voluntária da UNB e cofundadora da editora Padê, criada em 2016, pela qual publicou a maior parte de seus poemas. A editora especializou-se também em autoras negras e/ou lésbicas. O foco de Tatiana são as literaturas da "diáspora negra sexual-dissidente". Integra o Coletivo de Escritorxs da Literatura LGBTQIAP+ do DF. Como tradutora, traduziu livros de Audre Lorde. Define-se como criadora do conceito de "cuírlombismo literário" (também grafado como "cuíerlombismo" ou "kuírlombismo"), propondo, com o termo, uma remitologização da dissidência sexual como parte fundante do imaginário ancestral da diáspora negra e um novo parâmetro interpretativo da produção artística feita por pessoas negras LGBTQIAP+ simultaneamente a partir e em ruptura com o paradigma dor/resistência/denúncia, apontado pelo cânone de crítica/teoria literária como fundante da literatura negra brasileira. Extremamente criativa, é árdua batalhadora na defesa dos negros contra o racismo e a discriminação, defendendo os direitos de afirmação identitária, de raça e de gênero. Sua proposta é ir de encontro ao clássico tripé que alicerça o trabalho de muitos poetas da literatura afro-brasileira: "dor/resistência/denúncia".

Afasta-se de uma postura defensiva para abraçar uma feição positiva e corajosa, promovendo o *cuierlombismo*, neologismo derivado do inglês *queer*, que significa "estranho". Larissa Pelúcio e Tiago Duque (2020) insistem no potencial contestador do *cuier* e "na sua capacidade teórica de oferecer ferramentas conceituais para a ação tanto quanto para a reflexão contra violências naturalizadas". Esta citação nos faz enender melhor a batalha de Tatiana Nascimento em favor da aceitação do movimento LGBTQIAP+.

BIBLIOGRAFIA DA AUTORA

PELÚCIO, Larissa; DUQUE, Tiago. Cancelando o cuier. *Revista Contemporânea*. V. 10, n. 1, p. 125-151, jan.-abril 2020. Disponível em: <https://www.contemporanea.ufscar.br/index.php/contemporanea/article/view/859/pdf >. Acesso em: 26 jan. 2024.

TAIPA (O *BIG BANG* DO CRIACIONISMO). Disponível em: < https://palavrapreta.wordpress.com/ >. Acesso em: 26 jan. 2024.

lundu. Brasília: Padê Editorial, 2018; 2. ed. Coleção Odoyá.

Racismo reverso. *In*: *Palavra preta; poesia di dendê.* Palavra, preta! | poesia di dendê (wordpress.com) mai. 2020.

Um ebó di boca y otros (silêncios). São Paulo: Peirópolis, 2023.

Poesia

Esboço. Brasília: Padê editorial, 2016.

Lundu. Brasília: Padê Editorial, 2016.

mil994. Brasília: Padê Editorial, 2018.

07 notas sobre o apocalipse ou poemas para o fim do mundo. Garupa e Kza1 Edições, 2019.

Oriki de amor selvagem: todos os poemas de amor preto (ou quase). Brasília: Padê Editorial, 2020.

Tradução

Entre nós mesmas, poesia de Audre Lorde. Rio de Janeiro: Bazar do Tempo, 2020.

Calamidades, ensaios de Renee Gladman. Rio de Janeiro: A Bolha, 2021.

Leve sua culpa branca pra terapia. 2. ed. São Paulo: n-1, 2020.

Racismo visual, sadismo racial: quando (?) nossas mortes importam. São Paulo: N-1, 2020.

Antologia

Quilombo: Cartografía/Autoría negra/Brasil. Organização de Lucía Tennina. Buenos Aires: Tinta Limón, 2019.

COMENTÁRIO CRÍTICO

Poeta de grande originalidade, Tatiana Nascimento rompe com padrões da poesia afro-brasileira, instaurando um novo ritmo e uma arte poética que quebra normas estabelecidas pela língua portuguesa quanto a regras de ortografia, de separação de sílabas etc. Sua poesia assume um tom ideológico sem deixar de ser poesia, o que é bastante raro. Deixando mais claro: o texto poético pode assumir posturas de reivindicação e de denúncia desde que não deixe de ser obra de arte. Na produção literária de Tatiana Nascimento, verificam-se muitos elementos inovadores, a começar pela mescla de crítica aos preconceitos em relação à cultura negra que vem associada à defesa dos direitos da comunidade LGBTQIAP+. Seus poemas inovam também quanto à grafia tradicional, pois introduz uma prática ousada de dividir um vocábulo de uma linha à outra sem traço de união.

Para além dessas inovações gráficas e formais, destaca-se também uma inovação conceitual que diz respeito à representação da África no imaginário da poeta. Em muitos casos observa-se – no âmbito da poesia afro-brasileira – uma visão nostálgica da África, reivindicando a preservação de sua cultura como forma de resistência. Na poesia de Tatiana Nascimento, observa-se, como nos aponta Heleine Fernandes de Souza, "um duplo movimento de conexão e de separação traumática" com a África. No poema *Baobá*, por exemplo, "é como se a poeta conversasse com o oceano e, em simultâneo, evocasse entidades como Iemanjá, Kianda (senhora das águas) ou Olocum (senhor do mar), por intermédio dos quais as/os africanas/os em diáspora mantiveram sua conexão com as/os ancestrais" (SOUZA, 2020, p. 157).

A poesia de Tatiana Nascimento evidencia que a tentativa dos colonizadores de fazer os negros esquecerem suas línguas maternas, fracassa. Qual a razão do fracasso? Os grupos aqui chegados eram enviados para diferentes localidades, com vistas a que esquecessem sua terra natal incluindo cultura, religião e língua de origem. Contudo, o desígnio dos escravocratas de apagar completamente as lembranças da terra de origem não se realiza, como afirma Heleine Fernandes de Souza: "o epistemicídio não cumpriu completamente seus desígnios, de modo que várias/os africanas/os preservaram seus desejos, subjetividades e memória" (SOUZA, 2020, p. 157-158).

Segundo Foucault, episteme é "o paradigma geral segundo o qual se estruturam, em uma determinada época, os múltiplos saberes científicos" (Dicionário Oxford). Nessa medida, o neologismo "epistemicídio" remete à destruição do conjunto de saberes trazidos pelos escravos de suas regiões de origem. Na visão de Tatiana Nascimento, em grande parte, graças às mulheres negras, realizaram-se diferentes processos de inscrição de epistemologias afro-diaspóricas na cultura brasileira, preservando, assim, a memória ancestral africana. Sua poesia contribui grandemente para essa preservação.

Depreende-se, então, que sua obra poética visa repor os saberes trazidos pelos escravos, sobretudo os das mulheres. Nessa medida, remete a um enfrentamento às tentativas de silenciamento, de ocultação de uma cultura, violando, assim, uma ordem estabelecida: a que determina que o negro "fique em seu lugar", desde que esse lugar seja inferior ao dos brancos.

REFERÊNCIAS

SOUZA, Heleine Fernandes de. *A poesia negra-feminina*. Rio de Janeiro: Malê, 2020. p. 117-124.

SOUZA, Heleine Fernandes de. A poesia de mulheres negras como enfrentamento necessário ao epistemicídio. *In*: *Literafro. O portal da literatura afro-brasileira*. Belo Horizonte, abril 2020. Disponível em: <http://www.letras.ufmg.br/literafro/resenhas/ensaio/1502-heleine-fernandes-de-souza-a-poesia-negra-feminina>. Acesso em: 26 jan. 2024.

BARROS, Silvia. *Literatura de autoria negra*. Curitiba: Intersaberes, 2022.

AUTORIA DO VERBETE

Zilá Bernd

MEL DUARTE

Fonte: Bruno Fujii

Sobre os prazeres terrestres

In: Fragmentos Dispersos, 2013

Você e todas essas vontades
Todo esse querer enlatado.
Diga-me, como lhe cabe tanto desejo?
Onde fica esse compartimento?
E quando puder, entre estes teus delírios carnais,
Me ensina a ser assim, liberta?

Menina melanina

In: Negra nua crua, 2016

Passou por incertezas
Momentos de fraqueza
Duvidou se há beleza
Nos seus olhos escuros,
Seu cabelo encrespado,
Sua pele tom noturno,
Seu gingado erotizado.

Algumas por comodismo não se informam, não vão atrás
Para saber da herança que carregam da força de seus ancestrais!
Preferem acreditar que o bom da vida é ter um belo corpo e riqueza
E que chegará ao ápice de sua carreira apenas quando se tornar a próxima... Globeleza

Preta:
Mulher bonita é a que vai à luta!
Que tem opinião própria e não se assusta
Quando a milésima pessoa aponta para o seu cabelo e ri,
Dizendo que ele "está em pé"
E a ignorância dessa coitada não a permite ver...
Em pé, armado,
Foda-se! Que seja!
Pra mim é imponência!
Porque cabelo negro não é só resistente,
É resistência.

Me aceitei quando endredei

Já são 9 anos de cultivo e paciência,
E acertei quando neguei
Esse padrão imposto por uma mídia de uma sociedade que
não pensa.

Preta, pretinha
Não ligue pro que dizem essas pessoas,
E só abaixe a tua cabeça,
Quando for para colocar a coroa!

Lado B, Lado A

In: Negra nua crua, 2016

Metade de mim é bicho solto
A outra, fica para te acompanhar
Metade é ritmo
A outra, poesia

Uma parte de mim é segurança
A outra, uma balança, precisando se equilibrar
Metade de mim é grito,
Preso na garganta
A outra, poeta ambulante – autofalante vive a declamar!

Uma parte de mim não se espanta
A outra tem medo do que pode achar
Uma parte é branda
A outra é uma banda de
raprockandrollpsicodeliahardcoreragga

Metade de mim é sólida como rocha
A outra líquida, vive a escoar...
Uma parte é doce
A outra meio amarga, pra não enjoar

Um pedaço é flor
O outro espinho
Uma parte dor
A outra carinho

Metade de mim é romance
A outra é comédia,
Tem que rir para não chorar

Menina agridoce
Lado B, Lado A
Mas sempre tem aquele pedaço,
Que ocupa maior espaço
De todo o interior de alguém

Por isso afirmo com toda certeza,
Que metade de mim é amor
E a outra metade também.

Orquídea roxa

In: Colmeia: poemas reunidos, 2021

Entre a distância do que os olhos dizem e as palavras enxergam
existe um corpo negro imerso em pensamentos
as mulheres que nele habitam falam ao mesmo tempo,
e hoje entendo que até o caos pode ser acolhimento.

Percebi que desatar os nós que me prendem
é tão importante quanto firmar os que me fortalecem
e essa força que me puxa pra baixo, mesmo com os pés cansados
vem pra ficar raiz e me conectar com o passado.

Me pergunto:
De tudo que guardo no peito, o que posso trazer à tona pra me dar mais acalento?
De tudo que ofereço pro mundo, o que posso absorver agora dele
pra me despertar mais conhecimento?

São tantas perguntas, tantos anseios
essa pausa no tempo, esse silêncio…
Então, contemplo o desabrochar da minha orquídea roxa
enquanto espero pelo prenúncio de novos tempos

Negra nua crua

In: Negra nua crua, 2016

Eu não preciso tirar a roupa para mostrar que sou atraente
Minha postura e ideia é que fazem atrair tanta gente.
Da minha boca disparam palavras
Verdades, viveres
E através dela trago coisas que me fazem fluir a mente...

Também ingiro dores é fato, mas só quem sabe sente
E para amenizar, solto sentenças contundentes.
Não me distraio com comentários hipócritas só porque
Não uso pente
Minha avó já dizia: Respeito te faz manter os dentes!

A carta de alforria há tempos foi assinada
Mas ainda vejo o negro como obra de mão barata,
A mulher negra sendo chamada de mulata
E minha fé a todo tempo sendo testada.

Eu exijo respeito, novo velho senhor de engenho
Ser considerada "a carne mais barata do mercado"
EU NÃO ACEITO!
Trago calos em minhas mãos sim, pelo trabalho que
Desempenho
E enquanto a caneta for minha enxada não me faltará
Alimento.

Minhas curvas mais bonitas
Desfilam através de devaneios
E minha fala hoje é bruta para fincar dentro do peito.
Sou poeta e das rimas faço meu sustento.
Me apresento:
– Mel
Negra, nua, crua de sentimento.

MEL DUARTE

BIOGRAFIA

Mel Duarte nasceu em São Paulo em 1988. É graduada em Comunicação Social. Compositora, poeta, *slammer* e produtora cultural, integrou os coletivos Slam das Minas SP e Poetas Ambulantes. Além das poesias, também publicou os livros infantis *As bonecas da vó Maria* (2018) e *A descoberta de Adriel* (2020), pelo Itaú "Leia para uma criança". Foi destaque no sarau de abertura da Festa Literária Internacional de Paraty – Flip, em 2016, e no ano de 2023 teve atuação relevante nas mesas: *Slam – da quebrada para o mundão; Poesia Preta de ontem e de hoje; Um grafite espiei, inspirou meu texto; Poéticas visuais: negras palavras inspiradoras* e *Pagu: legado literário feminino e os reflexos na contemporaneidade*. Em 2016, venceu Rio Poetry Slam, que integra a programação da Festa Literária das Periferias – Flup, configurando-se como a primeira mulher a ganhar a competição internacional do gênero na América do Sul. Em 2019, lançou o disco de poesia falada *Mormaço – Entre outras formas de calor*. Em 2021, foi finalista do prêmio Inspiradoras do Instituto Avon e Universia UOL e, no ano seguinte, ao lado de Luz Ribeiro, escreveu e estreou o espetáculo *Stand up poetry: Capítulo 1 – Palavras para o futuro*.

BIBLIOGRAFIA DA AUTORA

Produção poética

Fragmentos dispersos. São Paulo: Na Função Produções Artísticas, 2013.

Negra nua crua. São Paulo: Ijumaca, 2016.

Colmeia: poemas reunidos. Recife: Casa Philos, 2021.

Participações em antologias

Quilombo: Cartografía/Autoría negra/Brasil. Organização de Lucía Tennina. Buenos Aires: Tinta Limón, 2019.

BUARQUE DE HOLLANDA, Heloisa. (Org.). *As 29 poetas hoje*. São Paulo: Companhia das Letras, 2021.

BUZO, Alessandro. (Org.). *Pelas periferias do Brasil*. Vol. 5. São Paulo: Editora Suburbano Convicto, 2011.

BUZO, Alessandro (Org.). *Poetas do Sarau Suburbano*. Vol. 1 e 2. São Paulo: Editora Ponteio, 2011.

RABETTI, Lunna (Org.). *Perifeminas*. Vol. 1: Nossa história. São Paulo: Livre Expressão Editora, 2013.

Poesia na Brasa. Vol. 1. São Paulo: Editora Coletivo Cultural, 2010.

Organização de obra e obra traduzida

DUARTE, Mel. *Negra desnuda cruda*. Tradução de Aline Pereira da Encarnação. Madrid: Ediciones Ambulantes, 2018.

DUARTE, Mel. (Org.). *Querem nos calar*: poemas para serem lidos em voz alta. Uma antologia. São Paulo: Planeta, 2019.

COMENTÁRIO CRÍTICO

Acreditando sempre na força das palavras, Mel Duarte descobriu na poesia e no *slam* a melhor forma de expressar seus sentimentos decorrentes das inquietações de habitar um corpo feminino e negro. O *slam*, voz de identidade e resistência, surge em Chicago, nos Estados Unidos, na década de 1980 e, atualmente referenciado como *poetry slam* ("batalha das letras"), tornou-se um movimento social, cultural e artístico com base nas periferias. Sua inserção no Brasil ocorre através da *slammer* Roberta Estrela D'Alva e se torna fenômeno da poesia oral em que os/as poetas abordam temas atinentes à vida nas periferias, como violência, racismo, machismo, drogas, relações familiares, entre outros, tornando-se, portanto, um espaço de liberdade de expressão e de escuta de vozes.

Os poemas escritos e falados de Mel Duarte debatem as mágoas e as alegrias das mulheres negras a partir de um corpo que sente prazer e dor, que ama e repele, que silencia e grita. Em entrevista para Elisa Fontes, Mel Duarte aponta que "é importante equilibrar o tema das poesias entre sentimentos de amor e raiva como forma de se posicionar diante das problemáticas sociais" (2021, s/p). O feminismo branco, ao se apropriar do conceito de sororidade, cuja etimologia vem de *sóror* (palavra latina que significa *irmãs*), converge no apoio e na união entre mulheres. No entanto, o conceito não leva em conta que a dor das mulheres negras é agravada pelo racismo. Em 2017, Vilma Piedade apresenta o conceito de *dororidade*, uma dor que é iniciada com o sequestro e a escravização de membros de diversas sociedades africanas que tiveram seus direitos violados desde o momento de sua captura, seguindo com a travessia e a imposição cultural eurocêntrica em terras americanas. O corpo da mulher negra brasileira, um corpo-objeto, sempre visto como disposto ao trabalho e ao ato sexual, exemplifica a dor comum das mulheres negras, advinda do racismo vigente: estatísticas comprovam que mulheres negras lideram os casos de feminicídio bem como os *rankings* de salários mais baixos do país. Nesse sentido, Mel Duarte resgata a voz de Elza Soares nos versos "Ser considerada 'a carne mais barata do mercado'/ EU NÃO ACEITO!", com letras maiúsculas que, na escrita, representam a voz alta, o grito, asseverando que pessoas negras não se calarão diante das injustiças secularmente acometidas contra essa população.

REFERÊNCIAS

FONTES, Elisa. Mel Duarte: é muito importante que nós, mulheres negras, não tenhamos medo de contar a nossa história. *In*: *Ponte.org*. 21 jun. 2021. Disponível em: <https://ponte.org/mel-duarte-e-muito-importante-que-nos-mulheres-negras-nao-tenhamos-medo-de-contar-a-nossa-historia/>. Acesso em: 14 fev. 2024.

LITERAFRO. O portal da literatura afro-brasileira. *Mel Duarte*. 28 jul. 2021. Disponível em: <http://www.letras.ufmg.br/literafro/autoras/1217-mel-duarte>. Acesso em: 14 fev. 2024.

Site <https://melduartepoesia.com.br/>. Acesso em: 14 fev. 2024

PIEDADE, Vilma. *Dororidade*. São Paulo: Editora Nos, 2017.

AUTORIA DO VERBETE

Liliam Ramos

ORGANIZADORAS

ZILÁ BERND

> Doutora em Letras pela UFRGS, com pós-doutorado pela Université de Montréal
> Pesquisadora 1A/Cnpq
> Membro da Academia Rio-Grandense de Letras
> Prêmio Pesquisador Gaúcho em 2019, pela FAPERGS.
> Foi professora do Instituto de Letras da UFRGS e da Universidade La Salle em Canoas.
> Organizou a *Antologia de literatura afro-brasileira,* 2011, Mazza edições, e inúmeros livros sobre literatura de autoria negra.

LILIAM RAMOS

> Doutora em Letras pela UFRGS, com pós-doutorado na Universidad de Cartagena, Colômbia.

> Professora de literatura hispano-americana, literatura afro-latino-americana e tradução espanhol-português na UFRGS

> Organizadora do livro *Diário da arte no país natal: reflexões sobre literatura e cultura de autoria negra na América Latina*

> Tradutora de *Memória de mim*, de Teresa Cárdenas, e de *Por que o feminismo descolonial é importante (e outros ensaios do lado escuro)*, de Yuderkis Espinosa-Miñoso

COORGANIZADORAS

ROBERTA FLORES PEDROSO

> Licenciada em Letras e Pedagogia
> Especialista em Literatura Brasileira e em educação e supervisão escolar
> Mestre em Literatura Brasileira
> Doutoranda em Literatura, Sociedade e História da Literatura
> Possui livros editados pela Editora Leitura XXI: *Úrsula*-Clássicos e *Pão, texto e água* (esgotado) pela editora Figura de Linguagem

CRISTINA GAMINO GOMES TONIAL

> Doutoranda em Letras pela UFRGS, Mestre em Educação em Estudos Culturais pela Ulbra (Universidade Luterana do Brasil)
> Professora de Educação à Distância na Ulbra
> Especialista em Gestão e Elaboração de Projetos Sociais
> Pesquisadora sobre escrita de Mulheres Negras

Este livro foi impresso na primavera de 2024,
em Belo Horizonte, MG. Foi composto
nas tipografias Iowan Old Style
e AfricaVibes e impresso nos
papéis Polén 80g/m²
e Cartão 250g/m².